JOSÉ MARÍA ARGUEDAS
YAWAR FIESTA

PEISA

Lima / Perú

Colección editada exclusivamente para EL COMERCIO
Empresa Editora El Comercio S. A.
Jr. Miró Quesada, 300
Lima 1 (Perú)

YAWAR FIESTA
© José María Arguedas, 1941
© Sybila Arredondo de Arguedas, 1969
© Editorial Horizonte, 1983
De esta edición:
© Ediciones PEISA, 2002
    Av. Dos de Mayo 1285, San Isidro
    Lima 27, Perú
    peisa@terra.com.pe

ISBN: 9972-40-232-0
ISBN: 9972-40-219-3 de esta colección.

Composición y diagramación:
    PEISA.

Impresión:
    Mateu Cromo Artes Gráficas, S. A.
    Madrid, España.

Hecho el Depósito Legal N.º 2002-2025

I
Pueblo indio

Entre alfalfares, chacras de trigo, de habas y cebada, sobre una lomada desigual está el pueblo.

Desde el abra de Sillanayok' se ven tres riachuelos que corren, acercándose poco a poco, a medida que van llegando a la quebrada del río grande. Los riachuelos bajan de las punas corriendo por un cauce brusco, pero se tienden después en una pampa desigual donde hay hasta una lagunita; termina la pampa y el cauce de los ríos se quiebra otra vez y el agua va saltando de catarata en catarata hasta llegar al fondo de la quebrada.

El pueblo se ve grande, sobre el cerro, siguiendo la lomada; los techos de teja suben desde la orilla de un riachuelo, donde crecen algunos eucaliptus, hasta la cumbre; en la cumbre se acaban, porque en el filo de la lomada está el jirón Bolívar, donde viven los vecinos principales, y allí los techos son blancos, de calamina. En las faldas del cerro, casi sin calles, entre chacras de cebada, con grandes corrales y patios donde se levantan yaretas y molles frondosos, las casas de los comuneros, los ayllus de Puquio, se ven como pueblo indio. Pueblo indio, sobre la lomada, junto a un riachuelo.

Desde el abra de Sillanayok' se ven tres ayllus: Pichk'achuri, K'ayau, Chaupi.

—¡Pueblo indio! —dicen los viajeros cuando llegan a esta cumbre y divisan Puquio. Unos hablan con desprecio; tiritan de frío en la cumbre los costeños, y hablan:

—¡Pueblo indio!

Pero en la costa no hay abras, ellos no conocen sus pueblos desde lejos. Apenas si en las carreteras los presienten, porque los caminos se hacen más anchos cuando la ciudad está cerca, o por la fachada de una hacienda próxima, por alegría del corazón que conoce las distancias. ¡Ver a nuestro pueblo desde un abra, desde una cumbre donde hay saywas de piedra, y tocar en quena o charango, o en rondín, un huayno de llegada! Ver a nuestro pueblo desde arriba, mirar su torre blanca de cal y canto, mirar el techo rojo de las casas, sobre la ladera, en la loma o en la quebrada, los techos donde brillan anchas rayas de cal; mirar en el cielo del pueblo, volando, a los killinchos y a los gavilanes negros, a veces al cóndor que tiende sus alas grandes en el viento; oír el canto de los gallos y el ladrido de los perros que cuidan los corrales. Y sentarse un rato en la cumbre para cantar de alegría. Eso no pueden hacer los que viven en los pueblos de la costa.

❉   ❉   ❉

Tres ayllus se ven desde Sillanayok': Pichk'achuri, K'ayau, Chaupi. Tres torres, tres plazas, tres barrios indios. Los chaupis, de pretenciosos, techaron la capilla de su ayllu con calamina. Desde Sillanayok' se ve la capilla de Chaupi, junto a una piedra grande, se ve brillante y larga, con su torre blanca y chata.

—¡Atatao! —dicen los comuneros de los otros barrios—. Parece iglesia de misti.

Pero los chaupis están orgullosos de su capilla.

—Mejor que de misti —dicen ellos.

Entrando por el camino de Sillanayok', el pueblo empieza a las orillas del riachuelo Chullahora, ayllu de Pichk'achuri. No hay calles verdaderas en ningún sitio; los comuneros han levantado sus casas, según su interés, en cualquier parte, sobre la laderita, en buen sitio, con su corral cuadrado o redondo, pero con seña, para conocerla bien desde los cerros. Hacia afuera, una pared blanqueada, una puerta baja, una o dos ventanas, a veces un poyo pegado a la pared; por dentro, un corredor de pilares bajos que se apoyan sobre bases de piedra blanca; en un extremo del corredor una división de pared, para la cocina. Junto a la pared del corral, junto a la casa, o al centro del patio, un molle frondoso que hace sombra por las mañanas y en las tardes; sobre el molle suben las gallinas al mediodía y dormitan, espulgándose. El techo de la casa, siempre de teja, teja de los k'ollanas y k'ayaus;

sobre el tejado rayas de cal, y en la cima, al medio, una cruz de acero. Así es el barrio de Pichk'achuri y K'ayau, del jirón Bolívar al río Chullahora. Llegando de la costa se entra al pueblo por estos ayllus.

—¡Pueblo indio!

* * *

Toda la ladera llena de casas y corrales; a ratos el viajero se encuentra con calles torcidas, anchas en un sitio, angostas en otro; la calle desaparece cortada por un canchón de habas o cebada y vuelve a aparecer más allá. El viajero sube la lomada, saltando de trecho en trecho acequias de agua orilladas por romazales y pasto verde. Ya junto a la cumbre de la lomada hay callecitas angostas, empedradas y con aceras de piedra blanca; tiendecitas, con mostradores montados sobre poyos de barro; y en los mostradores, botellas de cañazo, pilas de panes, monillos multicolores para indias, botones blancos de camisa, velas, jabones, a veces piezas de tocuyo y casinete. Es el sitio de los mestizos; ni comuneros ni principales, allí viven los chalos, las tiendas son de las mestizas que visten percala y se ponen sombrero de paja.

Casi de repente, llegando a la cima de la lomada, se entra al jirón Bolívar.

—¿Qué? —dicen los forasteros. Se sorprenden.

Es, pues, la calle de los vecinos, de los principales. Calle larga, angosta, bien cuidada, con aceras de piedra pulida. El jirón Bolívar comienza en la plaza de armas, sigue derecho tres o cuatro cuadras, cae después de una quebrada ancha, y termina en la plaza del ayllu de Chaupi. En el remate del jirón Bolívar hay una pila grande de cuatro caños; después está la plaza del ayllu de Chaupi, la capilla de calamina. «Alberto», estatua india de piedra alaymosca; Makulirumi, la gran piedra, seña del barrio; y más allá, en toda la pampa, el pueblo indio de Chaupi. De una esquina de la plaza de Chaupi comienza la Calle Derecha, es como prolongación del jirón Bolívar, pero la Calle Derecha es calle de los indios.

Al otro lado del jirón Bolívar, en la otra ladera de la lomada,

5

está el ayllu de K'ollana. K'ollana no se puede ver de Sillanayok'; la lomada lo oculta. Igual que Pichk'achuri, K'ollana termina en un riachuelo, Yallpu. El pueblo comienza y termina en riachuelos.

El jirón Bolívar es la residencia de los principales; allí viven todo el año. En el jirón Bolívar están las casas de los vecinos; allí están las cantinas donde se emborrachan; allí está el billar, la botica; las tiendas de comercio.

—¿Qué? —dicen los forasteros entrando al jirón Bolívar.

Es, pues, para el gusto de los mistis. Las puertas son verdes, azules, amarillas; las casas son casi todas de dos pisos, con balcones de corredor que dan sombra a las aceras. Las calles son angostas; por las noches, los gatos, cuando se persiguen, saltan por lo alto, de techo a techo. Pero las calles son derechas, las que están en cuesta y en plano, todas son derechas; y la acequia que hay al medio de las calles está bien empedrada; de todos los zaguanes corren pequeños canales a esta acequia.

La plaza de armas es también de los principales, más todavía que el jirón Bolívar. Pero la plaza de armas no está al centro del pueblo. En un extremo del jirón Bolívar está la plaza de Chaupi; en el otro, la plaza de armas; más allá de la plaza de armas, ya no hay pueblo. En la plaza de armas están las mejores casas de Puquio; allí viven las familias de mistis que tienen amistades en Lima —«extranguero» dicen los comuneros—, las niñas más vistosas y blanquitas; en la plaza de armas está la iglesia principal, con su torre mocha de piedra blanca; la Subprefectura, el puesto de la Guardia Civil, el Juzgado de Primera Instancia, la Escuela Fiscal de Varones, la Municipalidad, la cárcel, el coso para encerrar a los «daños»; todas las autoridades que sirven a los vecinos principales; todas las casas, todas las gentes con que se hacen respetar, con que mandan.

En el centro de la plaza hay una pila de cemento; y rodeando a la pila, un jardín redondo, con hierba, algunas flores amarillas y linaza verde. Frente a las gradas de la Municipalidad hay otra pila de agua.

Mas allá de la plaza de armas ya no hay pueblo, en la plaza remata el jirón Bolívar.

Por eso, el jirón Bolívar es como culebra que parte en dos al pueblo: la plaza de armas es como cabeza de la culebra, allí están los dientes, los ojos, la cabeza, la lengua —cárcel, coso, subprefectura, juzgado—; el cuerpo de la culebra es el jirón Bolívar.

Durante el día y por las noches, los principales viven en el jirón Bolívar; allí se buscan entre ellos, se pasean, se miran frente a frente, se enamoran, se emborrachan, se odian y pelean. En el jirón Bolívar gritan los vecinos cuando hay elecciones; allí andan en tropa echando ajos contra sus enemigos políticos; a veces rabian mucho y se patean en la calle, hasta arrancan las piedras del suelo y se rompen la cabeza. Cuando los jóvenes estrenan ropa, cuando están alegres, se pasean a caballo de largo a largo en el jirón Bolívar; con el cuerpo derecho, con la cabeza alta, tirando fuerte de las riendas y dando sentadas al caballo en cada esquina.

Al jirón Bolívar también llegan primero los principales de los distritos. De canto a canto recorren el jirón, haciendo sonar sus roncadoras de plata, luciendo el zapateo de sus caballos costeños. Después de llevar algún regalo al Subprefecto y al Juez, los principales de los distritos se emborrachan con licores «finos» en el billar y en las tiendas de las niñas.

En el billar se juntan los mistis por las noches; allí juegan casino, rocambor, siete y medio; conversan hasta medianoche; se emborrachan.

En esa calle corretean, rabian y engordan los mistis, desde que nacen hasta que mueren.

Puquio es pueblo nuevo para los mistis. Quizá hace trescientos años, quizá menos, llegaron a Puquio los mistis de otros pueblos donde negociaban en minas. Antes, Puquio entero era indio. En los cuatro ayllus puros indios no más vivían. Llegaban allí los mistis, de vez en vez, buscando peones para las minas, buscando provisiones y mujeres.

Otros pueblos que hay cerca de Puquio están en cerros llenos de bocaminas; junto a los riachuelos que dan agua a esos pueblos, se derrumban ahora trapiches viejos; allí molían plata los antiguos. Esos pueblos tienen nombres de santos, sus calles son anchas; la plaza de armas bien cuadrada, está al medio del pueblo; la iglesia es grande con puerta de arco; el altar mayor de las iglesias es, a veces, de madera tallada, y el dorado se ve todavía.

En los cerros de Puquio no había minas; por eso los mistis llegaban de repente, hacían su fiesta con las indias, reclutaban gente, de grado o por fuerza, para las minas; y se volvían, hasta tiempo.

Pero las minas se acabaron; el negocio del mineral ya no valía; entonces los mistis se repartieron por todos los pueblos indios de la provincia. Dejaron casi vacíos de señores a sus pueblos con nombres de santos. Ahora esos pueblitos se derrumban como los trapiches viejos; las calles se borran, las iglesias también se derrumban, los altares pierden su dorado, se cubren de polvo.

Los más de los mistis cayeron sobre Puquio, porque era pueblo grande, con muchos indios para la servidumbre; con cuatro acequias de agua, una por ayllu, para regar las sementeras. Pueblo grande, en buen sitio.

Los mistis fueron con su cura, con su Niño Dios «extranguero», hicieron su plaza de armas en el canto del pueblo; mandaron hacer su iglesia, con puerta de arco y altar dorado; y de ahí, desde su plaza, como quien abre acequia, fueron levantando su calle, sin respetar la pertenencia de los ayllus.

—¡Qué ni qué!

Había que ir recto. Calle de mistis es siempre derecha.

En poco tiempo, cuando ya había casas de balcones en el jirón Bolívar, cuando pudieron acomodar algunas calles, a un lado y a otro del jirón Bolívar, trasladaron la capital de la provincia a su nuevo pueblo.

Y comenzó el despojo a los ayllus. Con el apoyo de las autoridades, los mistis empezaron por el barrio de K'ollana. K'ollana tenía buenas chacras de maíz, de cebada, de trigo. Los jueces y los notarios firmaron papeles de toda laya; eso era suficiente. Después de K'ollana, K'ayau. De esos barrios eran las tierras con más agua, y estaban junto al pueblo. En seguida Chaupi y Pichk'achuri. Por eso ahora Chaupi y Pichk'achuri son más dueños. En otros tiempos era al revés.

De tanto entrar a los despachos, de tanto corretear por causa de los papeles con que les quitaban las chacras, los puquios aprendieron a defender los pleitos, comprando a los jueces, a los escribanos y a los notarios. Cada ayllu se levantaba, entero, para defender a sus comuneros. Todos los domingos había cabildo en los ayllus; todos los domingos se juntaban los comuneros para tomar acuerdos. Y pusieron atajo a los despojos de la quebrada. Cuando los mistis ya eran dueños de casi todas las tierras de sembrío, cuando los k'ollanas y los k'ayaus habían quedado para jornaleros de los principales.

Pero el agua no soltaron los ayllus.

Igual que en otros tiempos, los varayok's reparten los turnos de riego, cada cual en su ayllu.

Por eso, al amanecer, los días de reparto, los mistis de Puquio entran a los ayllus a pedir agua para regar sus sementeras. Tiritando todavía con el frío, ocultando la quijada en las bufandas, los principales se entropan con los indios del barrio, y gritan levantando el brazo:

—¡Don Gregorio! ¡Para mi maicito!

En la madrugada, los abrigos negros, azules, los sombreros de paja, los sombreros «extrangueros» de paño, parecen ropa de forastero entre los ponchos puquios, verdes, rojos y amarillos, entre tanto lok'o color vicuña.

A veces llega el sol a la cumbre de los cerros, y todavía el varayok' repartidor está oyendo:

—¡Para mi triguito de K'ellok'ello, para mi maizal de K'orek'ocha, para mi cebadal de Chullahora! ¡Don Gregorio!

¡Cuántas veces fueron los mistis al sitio de los repartos y llevaron, a fuete limpio, a los varayok's alcaldes, y los encerraron en la cárcel! Pero mientras el varayok' alcalde pujaba en la barra, los cuatro ayllus se revolvían; indios de K'ayau, de K'ollana, de Pichk'achuri, de Chaupi, andaban notificando a todas las casas. Desde Makulirumi tocaban corneta, wakawak'ras. Puquio quedaba tranquilo, silencioso, como en noche oscura.

Reventaban su balita los mistis en todas las calles; en todas las calles se emborrachaban y amenazaban a los comuneros. Entraban a una casa, a otra; pateaban a las criaturas, sacaban sangre de la boca, de la nariz, de la frente de los indios.

—¡No empurta!

¿Acaso misti sabe regar? ¿Acaso misti sabe levantar cerco? ¿Acaso misti sabe deshierbar los trigales? ¿Acaso misti arregla camino, hace tejas, adobes, degüella carnero? ¿Quién, pues, levantaría las tomas de agua, quién abriría las acequias, quién remendaría los relejes, quién arreglaría las compuertas, cuando los repuntes de enero y febrero, cuando las avenidas que bajan de todos los cerros tumbaran las acequias y llenaran de piedras, de champa y arena las tomas?

—¡Jajayllas!

Ni a bala, ni a zurriago, ni aun con los ruegos del taita (padre) Vicario, los comuneros salían de los ayllus.

—¡Mi ojo premero sacará! ¡Como killincho (cernícalo) ladrón, mi ojo premero comerá! ¡Cumun yaku jajayllas!

Los puquios sabían eso.

Entonces los mistis se humillaban primero. Lloraban de rabia en su conciencia, pero sacaban cañazo de todas las tiendas y rogaban con eso a los varayok's, a los taitas. Iban a los ayllus, cada cual según su pertenencia, y entraban a las casas hablando en voz dulce, ofreciendo amistad.

* * *

Los chalos, según su interés, unas veces se juntan con los vecinos, otras veces con los ayllus. No viven en el jirón Bolívar, sus casas están en las callecitas que desembocan en la calle de los mistis. Pero ellos también, quieran o no, están clasificados por los vecinos según los ayllus. Son mestizos de Chaupi, k'ollanas, k'ayaus, pichk'achuris. Entre los chalos nombra el prefecto al teniente gobernador del ayllu.

Por las noches, los mestizos se reúnen a la puerta del billar y de las cantinas para ver lo que juegan y lo que toman los mistis. A veces entran a las tiendas, se paran apoyándose en la pared, para no estorbar, y miran.

Cada vecino tiene tres o cuatro chalos de su confianza, y los mandan a cualquier parte, a veces de puro favor. En los días que llueve, los vecinos llaman en la calle a cualquier mestizo amigo de su casa y lo mandan por su abrigo, por su paraguas, cualquier mandato les ordenan. Entre ellos escogen los principales a sus mayordomos. A estos mestizos, que siguen como perros a los principales, los comuneros les llaman «k'anras», y quizá no hay en el hablar indio palabra más sucia.

Pero algunos mestizos son trabajadores; hacen negocio con los pueblos de la costa, llevando quesos, carneros, trigo, y trayendo cañazo de contrabando, velas, jabones.

Muchos de estos mestizos hacen amistad con los ayllus y hablan a favor de los comuneros. En los ayllus les llaman don Norberto, don Leandro, don Aniceto...

Les hablan con respeto. Pero en las fiestas bailan con ellos, de igual a igual; y cuando hay apuro, el mestizo amigo aconseja bien, defiende a los ayllus.

Así es el vivir en el jirón Bolívar y en los barrios. Así entraron a Puquio los mistis forasteros.

Pero cuando los puquios miran desde lo alto, desde Sillanayok'abra, desde la cumbre del taita Pedrork'o; cuando miran el jirón Bolívar, brillando como lomo de culebra entre el tejado de los ayllus, asqueando, dicen:

—¡Atatauya, Bolívar calle!

Cuando los indios miran y hablan de ese modo, en sus ojos arde otra esperanza, su verdadera alma brilla. Se ríen fuerte, quizá también rabian.

* * *

Desde las cumbres bajan cuatro ríos y pasan cerca del pueblo; en las cascadas, el agua blanca grita, pero los mistis no oyen. En las lomadas, en las pampas, en las cumbres, con el viento bajito, flores amarillas bailan, pero los mistis casi no ven. En el amanecer, sobre el cielo frío, tras del filo de las montañas, aparece el sol; entonces las tuyas y las torcazas cantan, sacudiendo sus alitas; las ovejas y los potros corretean en el pasto, mientras los mistis duermen, o miran, calculando la carne de los novillos. Al atardecer, el taita Inti dora el cielo, dora la tierra, pero ellos estornudan, espuelean a los caballos en los caminos, o toman café, toman pisco caliente.

Pero en el corazón de los puquios está llorando y riendo la quebrada, en sus ojos el cielo y el sol están viviendo; en su adentro está cantando la quebrada, con su voz de la mañana, del mediodía, de la tarde, del oscurecer.

II
El Despojo

En otros tiempos, todos los cerros y todas las pampas de la puna fueron de los comuneros. Entonces no había mucho ganado en Lucanas; los mistis no ambicionaban tanto los echaderos. La puna grande era para todos. No había potreros con cercos de piedra, ni de alambre. La puna grande no tenía dueño. Los indios vivían libremente en cualquier parte: en las cuevas de los rocales, en las chozas que hacían en las hondonadas, al pie de los cerros, cerca de los manantiales. Los mistis subían a la puna de vez en vez, a cazar vicuñas, o a comprar carne en las estancias de los indios. De vez en vez, también se llevaban, de puro hombres, diez, quince ovejas, cuatro o cinco vacas chuscas; pero llegaban a la puna como las granizadas locas, un ratito, hacían su daño, y se iban. De verdad la puna era de los indios; la puna, con sus animales, con sus pastos, con sus vientos fríos y sus aguaceros. Los mistis le tenían miedo a la puna, y dejaban vivir allí a los indios.

—Para esos salvajes está bien la puna —decían.

Cada ayllu de Puquio tenía sus echaderos. Ésa era la única división que había en las punas: un riachuelo, la ceja de una montana, señalaba las pertenencias de cada ayllu; y nunca hubo pleitos entre los barrios por causa de las tierras. Pero los pichk'achuris fueron siempre los verdaderos punarunas, punacumunkuna; ellos tienen hasta pueblitos en las alturas: K'oñek, Puñuy, Tak'ra, veinte o treinta chozas en lo hondo de una quebrada, tras un cerro, junto a los montes negruzcos de los k'eñwales. En la puna alta, bajo el cielo nublado, en el silencio grande; ya sea cuando el aguacero empieza y los truenos y las nubes negras asustan y hacen temblar el corazón; ya sea cuando en el cielo alto y limpio vuelan cantando las k'ellwas y los ojos del viajero miran la lejanía, pensativos ante lo grande del silencio; en cualquier tiempo, esas chukllas con su humo azul, con el ladrido de sus chaschas, con el canto de sus gallos, son un consuelo para los que andan de paso en la puna brava. En esos pueblos mandan los varayok's; allí no hay teniente, no hay gobernador, no hay juez, el varayok' es suficiente como autoridad. En esos pueblos no hay alborotos. Sólo cuando los mistis subían a las punas en busca de carne, y juntaban a las ovejas a golpe de zurriago y bala, para escoger a los mejores padrillos; entonces no más había alboroto. Porque a veces los punarunas se molestaban y se reunían, llamándose de casa en casa, de estancia a estancia, con silbidos y wakawak'ras; se juntaban rabiando, rodeaban a los principales y a los chalos abusivos; entonces, corrían los mistis, o eran apedreados ahí mismo, junto a la tropa de ovejas. Después venía el escarmiento; cachacos uniformados en la puna, matando a indios viejos, a mujeres y mak'tillos; y el saqueo. Un tiempo quedaban en silencio las estancias y los pueblitos. Pero en seguida volvían los punarunas a sus hondonadas; prendían fuego en el interior de las chukllas y el humo azul revoloteaba sobre los techos: ladraban los perros, al anochecer, en las puertas de las casas; y por las mañanitas, las ovejas balaban, alegres, levantando sus hocicos al cielo, bajo el sol que reverberaba sobre los nevados. Años después, los indios viejos hacían temblar a los niños contando la historia del escarmiento.

Los pichk'achuris fueron siempre verdaderos punarunas. Los otros ayllus también tenían estancias y comuneros en la puna, pero lo más de su gente vivía en el pueblo; tenían buenas tierras de sembrío junto a Puquio, y no querían las punas, casi les temían, como los mistis. Pichk'achuri era, y ahora sigue siendo, ayllu compartido entre puquianos y punarunas.

Casi de repente solicitaron ganado en cantidad de la costa, especialmente de Lima; entonces los mistis empezaron a quitar a los indios sus chacras de trigo para sembrar alfalfa. Pero no fue suficiente; de la costa pedían más y más ganado. Los mistis que llevaban reses a la costa regresaban platudos. Y casi se desesperaron los principales; se quitaban a los indios para arrancarles sus terrenos; e hicieron sudar otra vez a los jueces, a los notarios, a los escribanos… Entre ellos también se trompearon y abalearon muchas veces. ¡Fuera trigo! ¡Fuera cebada! ¡Fuera maíz! ¡Alfalfa! ¡Alfalfa! ¡Fuera indios! Como locos corretearon por los pueblos lejanos y vecinos a Puquio, comprando, engañando, robando a veces toros, torillos y becerros. ¡Eso era, pues, plata! ¡Billetes nuevecitos! Y andaban desesperados, del juzgado al coso, a las escribanías, a los potreros. Y por las noches, zurriago en mano, con revólver a la cintura y cinco o seis mayordomos por detrás. Entonces se acordaron de las punas: ¡Pasto! ¡Ganado! Indios brutos, ennegrecidos por el frío. ¡Allá vamos! Y entre todos corrieron, ganándose, ganándose a la puna. Empezaron a barrer para siempre las chukllas, los pueblitos; empezaron a levantar cercos de espinos y de piedras en la puna libre.

Año tras año, los principales fueron sacando papeles, documentos de toda clase, diciendo que eran dueños de este manantial, de ese echadero, de las pampas más buenas de pasto y más próximas al pueblo. De repente aparecían en la puna, por cualquier camino, en gran cabalgata. Llegaban con arpa, violín y clarinete, entre mujeres y hombres, cantando, tomando vino. Rápidamente mandaban hacer con sus lacayos y concertados una chuklla grande, o se metían en alguna cueva, botando al indio que vivía allí para cuidar su ganado. Con los mistis venían el Juez de Primera Instancia, el Subprefecto, el Capitán Jefe Provincial y algunos gendarmes. En la chuklla o en la cueva, entre hombres y mujeres, se emborrachaban; bailaban gritando, y golpeando el suelo con furia. Hacían fiesta en la puna.

Los indios de los echaderos se avisaban, corriendo de estancia en estancia, se reunían asustados; sabían que nunca llegaban para bien los mistis a la puna. E iban los comuneros de la puna a saludar al «ductur» juez, al taita cura, al «Gobiernos» de la provincia y a los werak'ochas vecinos principales de Puquio.

Aprovechando la presencia de los indios, el juez ordenaba la ceremonia de la posesión: el juez entraba al pajonal seguido de los vecinos y autoridades. Sobre el ischu, ante el silencio de indios y mistis, leía un papel. Cuando el juez terminaba de leer, uno de los mistis, el nuevo dueño, echaba tierra al aire, botaba algunas piedras a cualquier parte, se revolcaba sobre el ischu. En seguida gritaban hombres y mujeres, tiraban piedras y reían. Los comuneros miraban todo eso desde lejos.

Cuando terminaba la bulla, el juez llamaba a los indios y les decía en quechua:

—Punacumunkuna: señor Santos es dueño de estos pastos; todo, todo, quebradas, laderas, puquiales, es de él. Si entran animales de otro aquí, de indio o vecino, es «daño». Si quiere, señor Santos dará en arriendo, o si no traerá aquí su ganado. Conque… ¡indios! Werak'ocha Santos es dueño de estos pastos.

Los indios miraban al juez con miedo. «Pastos es ya de don Santos, ¡indios!». Ahí está pues papel, ahí está pues werak'ocha juez, ahí está gendarmes, ahí está niñas; principales con su arpista, con su clarinetero, con sus botellas de «sirwuisa». ¡Ahí está pues taita cura! «Don Santos es dueño». Si hay animales de indios en estos pastos, es «daño» y… al coso, al corral de don Santos, a morir de sed, o a aumentar la punta de ganado que llevará don Santos, año tras año, a «extranguero».

El cura se ponía en los brazos una faja ancha de seda, como para bautizos, miraba lejos, en todas direcciones, y después, rezaba un rato. En seguida, como el juez, se dirigía a los indios:

—Cumunkuna: con la ley ha probado don Santos que estos echaderos son de su pertenencia. Ahora don Santos va a ser respeto; va a ser patrón de indios que viven en estas tierras. Dios del cielo también respeta ley; ley es para todos, igual. Cumunkuna ¡a ver! besen la mano de don Santos.

Y los comuneros iban, con el lok'o en la mano, y besaban uno a uno la mano del nuevo dueño. Por respeto al taita cura, por respeto al Taitacha Dios.

«Con ley ha probado don Santos que es dueño de los echaderos». «Taitacha del cielo también respeta ley».

¿Y ahora dónde? ¡Dónde pues! La cabalgata se perdía, de regreso, en el abra próxima, tras del pasto amarillo que silbaba con el viento; se perdía entre cohetazos y griterío. Y punacumunkuna parecían extraviados; parecían de repente huérfanos.

—¡Taitallay taita! ¡Mamallay mama!

Las indias lloraban agarrándose de las piernas de sus maridos. Ya sabían que poco después de esa cabalgata llegarían tres o cuatro montados a reunir «daños» en esos echaderos. A bala y zurriago, hasta el coso del pueblo. ¿Acaso? No había ya reclamo.

El «Gobiernos» de la provincia era amigo de los principales y resondraba en su despacho a todos los indios que iban a rescatar su ganado. A veces, más bien, como ladrón, el indio reclamante, pujaría de dolor en el cepo o en la barra. En el despacho del Subprefecto, el misti es principal, con el pecho salido, con la voz mandona; es dueño.

—Señor subprefecto; ese indio es ladrón —dice no más.

Y cuando el principal levanta el dedo y señala al indio, «ladrón» diciendo, ladrón es, ladrón redomado, cuatrero conocido. Y para el cuatrero indio está la barra de la cárcel; para el indio ladrón que viene a rescatar sus «daños» es el cepo.

Y mientras, el punacomunero sufre en la cárcel; mientras, canta entre lágrimas:

Sapay rikukuni
mana piynillayok',
puna wayta hina
llaki llantullayok'

Qué solo me veo,
sin nadie ni nadie
como flor de la puna
no tengo sino mi sombra triste.

Tek'o pinkulluypas
chakañas rikukun
nunaypa kirinta
k'apark'achask'ampi.

Mi pinkullo, con nervios apretado
ahora está ronco,
la herida de mi alma,
de tanto haber llorado.

Imatak kausayniy,
maytatak' ripusak'
maytak' tayta mamay
¡lliusi tukukapun!

¡Qué es pues esta vida!
¿Dónde voy a ir?
sin padre, sin madre,
¡todo se ha acabado!

Mientras el «cuatrero» canta en la cárcel, don Pedro, don Jesús, don Federico, o cualquier otro, aseguran su sentencia, de acuerdo con el tinterillo defensor de cholos; y arrean en la punta las vacas de los punarunas hasta el «extranguero», o las invernan en los alfalfares de los k'ollanas para negociarlas después.

Los punarunas sabían esto muy bien. Año tras año, los principales iban empujando a los comuneros pastores de K'ayau,

Chaupi y K'ollana, más arriba, más arriba, junto al K'arwarasu, a las cumbres y a las pampas altas, donde la paja es dura y chiquita, pegada a la tierra como garrapata. Por eso, cuando la cabalgata de los mistis se perdía tras la lomada que oculta la cueva o la chuklla, las indias se abrazaban a las piernas de sus maridos, y lloraban a gritos; los hombres hablaban:

—¡Taitallaya! ¡Judidus! ¡Judidus!

La tropa de indios, punarunakuna, buscaría inmediatamente otra cueva, o haría otra choza, más arriba, junto al nevado, allí donde el pasto es duro y chiquito; allí llevarían su ganado. Entonces empezaba la pelea: las llamas, las vacas, los caballos lanudos, los carneros, escaparían siempre buscando su querencia de antes, buscando el pasto grande y blando. Pero allí abajo estarían los concertados de don Santos, de don Federico... los empleados del principal, chalos, mestizos hambrientos. Uno por uno, el ganado de los indios iría cayendo de «daño», para aumentar la punta de reses del patrón.

Así fueron acabándose, poco a poco, los pastores de los echaderos de Chaupi y K'ollana. Los comuneros, que ya no tenían animales, ni chuklla, ni cueva, bajaron al pueblo. Llegaron a su ayllu como forasteros, cargando sus ollas, sus pellejos y sus mak'tillos. Ellos eran, pues, punarunas, pastores; iban al pueblo sólo para pasar las grandes fiestas. Entonces solían llegar al ayllu con ropa nueva, con las caras alegres, con «harto plata» para el «trago», para los bizcochos, para comprar géneros de colores en el jirón Bolívar. Entraban a su ayllu con orgullo, y eran festejados. Pero cuando llegaron empobrecidos, corriendo de los mistis, vinieron con la barriga al aire negros de frío y de hambre. Le decían a cualquiera:

—¡Aquí estamos, papacito! ¡Aquí, pues, hermanito!

El varayok', alcalde del ayllu, los recibía en su casa.

Después llamaban a la faena, y los comuneros del barrio levantaban una casa nueva en siete y ocho días para el punaruna.

Y en Puquio había un jornalero más para las chacras de los principales, o para «engancharse» e ir a Nazca o Acarí, a trabajar en la costa. Allá servían de alimento a los zancudos de la terciana. El hacendado los amarraba cinco o seis meses más fuera del contrato y los metía a los algodonales, temblando de fiebre. A la vuelta, «cansaban» para siempre en los arenales caldeados de sol, en las cuestas, en la puna; o si llegaban todavía al ayllu, andaban por las calles, amarillos y enclenques, dando pena a todos los comuneros; y sus hijos también eran como los tercianientos, sin alma. Pero muchos punarunas, trabajando bien, protegidos por el ayllu, entrando, primero, a servir de «lacayos» y «concertados» en las casas de los mistis, para juntar «poco plata», y consiguiendo después tierras de sembrío para trabajar al partir, lograban levantar cabeza. De punarunas se hacían comuneros del pueblo. Y ya en Puquio, en el ayllu, seguían odiando con más fuerza al principal que les había quitado sus tierras. En el ayllu había miles y miles de comuneros, todos juntos, todos iguales; allí, ni don Santos, ni don Fermín, ni don Pedro, podían abusar así no más. El punaruna que había llorado en las pampas de ischu, el punaruna que había pujado en el cepo, que había golpeado su cabeza sobre las paredes de la cárcel, ese «endio» que llegó con los ojos asustados, ahora, de comunero chaupi, k'ollana o k'ayau, tenía más valor para mirar frente a frente, con rabia, a los vecinos que entraban a los ayllus a pedir favor.

Así bajaron hace tiempo los comuneros de las punas de K'ayau, K'ollana y Chaupi. Pocos quedaron. Unos cerca del K'arwarasu, en las cumbres, juntando su ganado y defendiéndolo de los principales; bajo la lluvia, bajo las tempestades con rayos y truenos, bajo las nubes negras de enero y febrero. Y allá, en la puna brava, cuidándose desde el alba hasta el anochecer, recorriendo y contando a cada hora sus ovejas, haciendo ladrar a los perros alrededor de la tropa, se iban poniendo sordos. Y ni para las fiestas ya bajaban al pueblo. En lo alto, junto a las granizadas, envueltos por las nubes oscuras que tapan la cumbre de los cerros, el encanto de la puna los agarraba poco a poco. Y se volvian cerriles.

Otros, por quedarse en su querencia, junto a sus animales, vendían su ganado al nuevo dueño de los pastales; recibían diez, quince soles por cada vaca; tres, cuatro reales por cada oveja; enterraban el dinero al pie de alguna piedra grande que tenía encanto, o en las cimas de las montañas. Y ya pobres, sin una ovejita que les sirviera de consuelo, se quedaban de vaqueros del patrón;

se declaraban hijos huérfanos del principal que había tomado posesión de los echaderos; y lloraban, cada vez que el señor llegaba a visitar sus tierras:

—¡Aquí estamos, papituy! ¡Taitituy!

Como chaschas enfermos se arrastraban en la puerta de la chuklla.

—¡Papituy! ¡Patroncito!

Se estrujaban las manos y daban vueltas alrededor del patrón; lloriqueando. Mostraban la tropa de ovejas, de vacas y de caballos chuscos y decían:

—Ahí está tus ovejitas, ahí está tus vacas. Todo, todo, completo, taitay.

En el crepúsculo, cuando el patrón se alejaba de la estancia, seguido de sus mayordomos; todos los punarunas los miraban irse, todos juntos, reunidos en la puerta de la chuklla. El sol caía sobre sus caras, el sol amarillo. Y temblaban todavía los punarunas; como en una herida, la sangre dolía en sus corazones.

—¡Ya, señor! ¡Patrón! —decían, cuando el sombrero blanco del ganadero se perdía en el filo de la lomada o tras de los k'eñwales.

Pero eso no era nada. De vez en vez, el patrón mandaba comisionados a recolectar ganado en las estancias. Los comisionados escogían al toro allk'a, al callejón, o al pillko. Entonces los punarunas, con sus familias, hacían una despedida a los toros que iban a la quebrada, para aumentar la punta de ganado que el patrón llevaría al «extranguero». Entonces sí, sufrían. Ni con la muerte, ni con la helada, sufrían más los indios de las alturas.

—¡Allk'a, callejón, pillko, para la punta! —mandaban, al amanecer, los comisionados.

Los mak'tillos y las mujeres se alborotaban. Los mak'tillos corrían junto a los padrillos, que ese rato dormían en el corral. Con sus brazos les hacían cariño en el hocico lanudo.

—¡Pillkuchallaya! ¡Dónde te van a llevar, papacito!

El pillko sacaba su lengua áspera y se hurgaba las narices; se dejaba querer, mirando a los muchachos con sus ojos grandes. Y después lloraban los mak'tillos, lloraban delgadito, con su voz de jilguero.

—¡Pillkuchallaya! ¡Pillkucha!

Y en eso no más, llegaban los arreadores; hacían reventar su zurriago sobre las cabezas de los mak'tillos:

—¡Ya, ya, carago!

Atropellaban los arreadores; y a golpe de tronadores, separaban de la tropa a los designados.

Entonces venía la pena grande. La familia se juntaba en la puerta de la chuklla, para cantarles la despedida a los padrillos que se iban. El más viejo tocaba el pinkullo, sus hijos los wakawak'ras y una de las mujeres la tinya:

Vacallay vaca
turullay turu
vacachallaya
turuchallaya.

Cantaban a gritos los punarunas; mientras los arreadores rodeaban, a zurriago limpio, al allk'a, al pillko... e iban alejándose de la estancia.

Vacallay vaca
turullay turu...

El pinkullo silbaba con fuerza en la puna, la cuerda de la tinya roncaba sobre el cuero; y en las hondonadas, en los rocales, sobre las lagunas de la puna, la voz de los comuneros, del pinkullo y de la tinya, lamía el ischu, iba al cielo, regaba su amargo en toda la puna. Los indios de las otras estancias se santiguaban.

Pero los mak'tillos sufrían más; lloraban como en las noches oscuras, cuando se despertaban solos en la chuklla; como para morirse lloraban; y desde entonces, el odio a los principales crecía en sus corazones, como aumenta la sangre, como crecen los huesos.

Así fue el despojo de los indios de la puna de K'ayau, Chaupi y K'ollana.

III
Wakawak'ras, trompetas de la tierra

En la puna y en los cerros que rodean al pueblo tocaban ya wakawak'ras. Cuando se oía el turupukllay en los caminos que van a los distritos y en las chacras de trigo, indios y vecinos hablaban de la corrida de ese año.

—¡Carago! ¡Pichk'achuri va parar juirme! Siempre año tras año, Pichk'achuri ganando enjualma, dejando viuda en plaza grande —hablaban los comuneros.

—K'ayau dice va traer Misitu de K'oñani pampa. Se han juramentado, dice, varayok' alcaldes para Misitu.

—¡Cojodices! Con diablo es Misitu. Cuándo carago trayendo Misitu. Nu'hay k'ari (hombre) para Misitu de K'oñani.

—Aunque moriendo cuántos también, K'ayau dice va soltar Misitu en 28.

—¿Acaso Pichk'achuri sonso para creer? K'ayau son maulas. ¿Cuándo ganandu en turupukllay? Abuelos también no ha visto K'ayau dejando viuda en vintiuchu. ¡Cojodices!

—Sigoro. Ahora también Pichk'achuri va a ser hombre en turupukllay.

En los cuatro ayllus hablaban de la corrida. Pichk'achuri ganaba año tras año; los capeadores de Pichk'achuri regaban con sangre la plaza. ¿Dónde había hombres para los capeadores del ayllu grande? «Honrao» Rojas arañó su chaleco, su camisa, el año pasado no más. El callejón de don Nicolás lo peloteó en el aire. Mientras las niñas temblaban en los balcones y los comuneros y las mujeres del ayllu gritoneaban en las barreras, en los cercos y en los techos de las casas. «Honrao» Rojas se paró firme, de haber estado ya enterrado en el polvo, de haber sido pisoteado en la barriga; arañando, arañando en el suelo, «Honrao» Rojas se enderezó. En su chaleco y en su camisa rezumaba la sangre.

—¡Turucha carago! —diciendo, se retaceó el chaleco y la camisa; mostró el costillar corneado.

—¡Atatau yawarcha! —gritó.

Como de una pila hizo brincar su sangre al suelo.

—¡Yo Pichk'achuri runakuna, k'alakuna! —dijo.

Los cuatro ayllus ya lo sabían. No había cotejo para k'aris de Pichk'achuri. Pero ese año, dice, K'ayau quería ser «primero» en la plaza.

Desde junio tocaban turupukllay en toda la puna y en los cerros que rodean al pueblo. Los wakawak'ras anunciaban ya la corrida. Los mak'tillos oían la música en la puna alta y sentían miedo, como si de los k'eñwales fuera a saltar el callejón o el barroso, que arañó, bramando, la plaza de Pichk'achuri, que hizo temblar las barreras, que sangró el pecho del «Honrao» Rojas. En la puna y en todos los caminos, con sol o con lluvia, al amanecer y anocheciendo, los wakawak'ras presentían el pukllay. En el descampado, el canto del turupukllay encoge el corazón, le vence, como si fuera de criatura; la voz del wakawak'ra suena gruesa y lenta, como voz de hombre, como voz de la puna alta y su viento frío silbando en las abras, sobre las lagunas. Las mujercitas de los cuatro ayllus y de todas las estancias lloriqueaban, oyendo las cornetas:

—¡Yastá pues vintiuchu! —decían—. ¡Para Misitu es fiesta, dice van llevar a plaza grande; su rabia seguro va llenar tomando sangre de endio puquio!

—¡Ay, taitallaya! Capricho dice ha tomado K'ayau para botar Misitu de K'oñani en vintiuchu.

—¡Quién pues será mamitay! ¡Quién pues viuda será! ¡Quién pues en panteón llorando estará vintiuchu!

Cantaban los wakawak'ras anunciando en todos los cerros el yawar fiesta. Indios de K'ollana, de Pichk'achuri, de Chaupi, de K'ayau, tocaban a la madrugada, al mediodía, y mientras bajando ya al camino, por la tarde. En la noche también, de los barrios subía al jirón Bolívar el cantar de los wakawak'ras. Entraban en competencia los corneteros de los cuatro barrios. Pero don Maywa, de Chaupi, era el mejor cornetero. La casa de don Maywa está junto a Makulirumi en la plaza. Por las noches, temprano todavía, alcaldes del barrio y algunos comuneros vecinos entraban a la casa de don Maywa. Allí chakchaban coca, y a veces don Maywa sacaba su botella de cañazo para convidar. Un mechero alumbraba el cuarto desde una repisa de cuero de vaca. Entre copa y copa, don Maywa levantaba su wakawak'ra y tocaba el turupukllay. El cuarto se llenaba con la voz del wakawak'ra, retumbaban las paredes. Los comuneros miraban alto, el turupukllay les agarraba, oprimía el pecho; ninguna tonada era para morir como el turupukllay. De rato en rato los otros ayllus contestaban.

De los cuatro ayllus, comenzando la noche, el turupukllay, subía al jirón Bolívar. Desde la plaza de Chaupi, derecho, por el jirón Bolívar, subía con el viento el pukllay de don Maywa. En las tiendas, en el billar, en las casas de los principales, oían las niñas y los vecinos.

—Por la noche, esa música parece de panteón —decían.

—Sí, hombre, friega el ánimo.

—¡Nada de eso! No es la música —explicaba algún señor ilustrado—. Es que asociamos esa tonada con las corridas en que los indios se hacen destrozar con el toro, al compás de esta musiquita.

—Sí, hombre. Pero friega el ánimo. Debiera prohibirse que a la hora de comer nos molesten de esa manera.

—¡Maricones! A mí me gusta esa tonada. En un solo cuerno, ¡qué bien tocan estos indios! —replicaba alguien.

Las niñas y las señoras también se lamentaban.

—¡Qué música tan penetrante! Es odioso oír esa tonada a esta hora. Se debiera pedir a la Guardia Civil que prohíba tocar esa tonada en las noches.

—Sí. Y ya tenemos a la Guardia Civil desde hace años.

—Esos indios se preparan el ánimo desde ahora. ¡Qué feo llora esa corneta!

—Me hace recordar las corridas.

—Ese cholo Maywa es el peor. Su música me cala hasta el alma.

La voz de los wakawak'ras interrumpía la charla de los mistis bajo los faroles de las esquinas del jirón Bolívar; interrumpía la tranquilidad de la comida en la casa de los principales. Los muchachos de los barrios se reunían, cuando don Maywa tocaba.

—¡Parece corrida ya! —gritaban.

—¡Toro, toro!

Y aprovechaban el pukllay de don Maywa para jugar a los toros.

A veces la corneta de don Maywa se oía en el pueblo cuando el cura estaba en la iglesia, haciendo el rosario con las señoras y las niñas del pueblo, y con algunas indias de los barrios. El turupukllay vencía el ánimo de las devotas; el cura también se detenía un instante cuando llegaba la tonada. Se miraban las niñas y las señoras, como cuidándose, como si el callejón o el barroso fueran a bramar desde la puerta de la iglesia.

—¡Música del diablo! —decía el Vicario.

Algunas noches, tarde ya, cuando el pueblo quedaba en silencio, desde algún cerro alto tocaban wakawak'ra. Entonces el pukllay sonaba en la quebrada, de canto a canto, de hondonada en hondonada; llegaba al pueblo, a ratos bien claro, a ratos medio apagado, según la fuerza del viento.

—¿Oyes? —decían en las casas de los mistis—. Como llorar grueso es; como voz de gente.

—¡Lleno de la quebrada ese turupukllay! ¿Por qué será? Me oprime el corazón —hablaban las niñas.

—¡Qué música perra! ¡Revienta el alma! —decían los principales.

En los ayllus, los indios oían, y también comentaban.

—¡Cómo don Maywa todavía! Eso sí, ¡pukllay!

—Comunero pichk'achuri será. Seguro toro bravo rabiará, oyendo.

Con el viento, a esa hora, el turupukllay pasaba las cumbres, daba vuelta a las abras, llegaba a las estancias y a los pueblitos. En noche clara, o en la oscuridad, el turupukllay llegaba como desde lo alto.

IV
K'ayau

El primer domingo de julio, por la tarde, entraron a la casa de don Julián Arangüena los cuatro varayok's de K'ayau. El sol caldeaba las piedras blancas del patio. Los concertados de don Julián estaban sentados en los poyos de la pared de la cocina.

—¡Nos días! —saludaron los concertados a los varayok's.

—¡Nos días! ¿Dónde está taita patrón?

La niña Julia salió al corredor.

—Nos días, niñacha. K'ayau cumunkuna buscando taita patrón.

Los varayok's se quitaron los lok'os.

—¡Papá! Los varayok's de K'ayau —llamó la joven.

Don Julián salió al corredor, en chaleco y con un periódico en la mano.

—Siempre pues, taitay, tú parando por K'ayau —habló el varayok' alcalde—. Tú alfalfa también, chacra, echaderos también, en tierra de ayllu K'ayau pues, don Julián.

—Cierto.

—Por eso entrando por Misitu de K'oñani, para vintiuchu.

—¿Qué? —don Julián parecía asustado—. Misitu es del monte. Nadie lo saca.

Los varayok's rieron en coro.

—Nu'hay empusible para ayllu, taitay. Capaz cerro grande también cargando hasta la mar k'ocha.

—¡Nu'hay para ayllu!

—Como a chascha puniento vamos arrear a Misitu.

—¡Ja caraya! Como pierro chusco va venir oliendo camino.

—¡Cojudeces de ustedes! Nadie saca a esa fiera de su querencia. ¡Ni yo he podido!

—Comunú, pues, patrón; así es Misitu de K'oñani.

25

—¡Encanto, encanto, diciendo pichk'achuris, taitay! Nu'hay encanto, don Jolián. Todo año ganando pichk'achuris en plaza. Grande pues puna echadero de pichk'achuris; mucho hay sallk'a en echadero de ayllu de Pichk'achuri. Por eso ganando vintiuchu.

—Ahura K'ayau va echar Misitu de don Jolián en plaza. ¡Mentira encanto! Sallk'a grande no más es Misitu, enrabiado hasta corazón. Por eso queriendo para turupukllay.

—¡K'ayau va ser premero en vintiuchu!

—¡Bueno, bueno! No me opongo. Pero advierto. Ese toro va destripar a todos los indios que vayan de comisión para traerlo de K'oñani.

—¡Allk'o no más para comunero k'ayau!

El varayok' alcalde sacó una botella de cañazo de uno de los bolsillos de su chamarra.

—¡Taitay, por tu Misitu tomarás copita! —le dijo a don Julián.

—¡Por tu ayllu K'ayau, pues, don Jolián! —rogó el «Campo».

—¡Ya, ya! Pero uno no más.

El varayok' alcalde llenó la copita de porcelana que le alcanzó el regidor. El regidor entregó la copa a don Julián.

—¡Bueno! Por vuestra suerte. Ojalá Dios los proteja. ¡Pobrecitos!

Los concertados de don Julián, que estaban en el patio, oyeron el pedido de los varayok's. Hablaron.

—Cierto, pues, K'ayau queriendo Misitu.

—¡Jajayllas! ¿Dúnde trayendo Misitu?

Los tres concertados se acercaron al corredor. Don Fermín habló:

—No puede, taitay alcalde. Misitu de K'oñani enrabiado pelea con el monte también; con su sombra también enrabia. ¡Nu'hay para Misitu!

El varayok' alcalde tomó su copa de cañazo antes de contestar.

—¿Acaso concertado va a ser cumisión? Cúmun k'ayau va ser cumisión —el varayok' alcalde estaba chispo ya—. ¡Concertado llorará mirando Misitu; como pierro gritoneando correrá! Rabia de comunero es para Misitu. ¡Carago! ¿Acaso ayllu asustando con chascha toro?

—¡Pierdón, patrón! Carajeando por maula concertado. Chispitu ya, pues —el regidor alzó la voz—. ¡Atatau concertado! Mauleando.

—¡Bueno, bueno! ¡Hemos terminado! Regalo el Misitu para el ayllu. Y pueden retirarse.

—Cumunú pues, patrón.

—¡Gracias, don Jolián!

—¡Tú no más parando por ayllu K'ayau!

—¡Sempre pues, por tu ayllu!

Con el lok'o en la mano bajaron las gradas, pasaron el patio y llegaron al zaguán.

—¡Como a pierro vamos traer a tu Misitu, don Jolián! —dijo el regidor.

Don Julián miró con pena a los varayok's.

E1 varayok' alcalde salió primero al jirón Bolívar.

Se pusieron los sombreros y entraron al jirón. Avanzaron caminando por el centro de la calle. Las niñas de las tiendas y los principales los miraban.

—He oído decir que K'ayau va traer para este año al Misitu de don Julián.

Los varayok's saludaban a las niñas, levantando con la mano la falda de sus lok'os. Los cuatro juntos, caminaban prosistas. A tranco largo llegaron a la segunda esquina.

—¡Alcalde! ¿Cierto van a traer al Misitu para el 28? —preguntó desde la puerta de su tienda, don Pancho Jiménez.

—¡Claru pues, taita! —Los cuatro se pararon frente a la tienda.

—Don Jolián regalandu Misitu, ahurita no más.

—¡Buena! Quiero ver eso varayok's ¡Muchacho, trae cuatro botellas de cañazo!

Don Pancho mostró a los varayok's las botellas de aguardiente.

—Dos arrobitas voy a regalar si hacen llegar al Misitu. Ahí está adelanto.

—¡Gracias, patrón! ¡Como allk'o va venir para ti Misitucha!

El varayok' alcalde recibió las botellas.

—¡Ya! Anden no más. Cabildo estará esperando.

Varios mistis y algunos chalos se habían reunido ya junto a la tienda. Los varayok's saludaban quitándose el lok'o; tiraron las puntas de sus ponchos sobre el hombro, levantaron alto sus cabezas, y siguieron calle abajo. Llegaron a la tercera esquina y voltearon a la izquierda, para el ayllu de K'ayau.

En el jirón Bolívar los mistis se quedaron hablando sobre la amenaza de los k'ayaus.

—¡Los tigres! Si estos indios logran traer al Misitu va haber pelotera en la plaza, como nunca.

—De ver va ser eso. Yo he ofrecido dos arrobitas de aguardiente. El año pasado un solo indio murió en la plaza. Pero este 28, si traen al Misitu…

—No, don Pancho. La pelotera va ser en K'oñani. El ayllu está decidido, aunque sea quinientos indios irán por el Misitu. El toro va hacer su agosto en la puna. ¡Qué tal destripadera irá a haber!

—Cuando los indios se deciden, no hay caso. ¿No ve cómo la carretera a Nazca la hicieron en 28 días?

La gente iba aumentando en la esquina de don Pancho Jiménez.

—Es que también trabajaron más de diez mil indios.

—Les entró la fiebre del camino. ¡Y había que ver! Parecían hormigas.

—Y a ese toro lo traen. ¡Ya verán! Verdad que es un solo ayllu, pero son como dos mil. Aunque sea muerto, pero lo ponen en la plaza.

—Los indios de Puquio, sea como sea, pero tienen resolución.

—¡No hay vainas! Estos indios son unos fregados.

—En K'oñani va a ser la pelea, la verdadera corrida. Soy capaz de ir.

—En el cabildo de hoy nombrarán la comisión y señalarán el día. Ya lo sabremos.

En los extremos del grupo hablaban.

—El ayllu de K'ayau dice va traer Misitu de K'oñani para el 28.

—¡Al Misitu dicen van a traer para el 28!

—Va a ser gran corrida, como en otros tiempos.

—¡Los cocos! A esa fiera no la saca de los k'eñwales ni el hijo de Cristo.

De canto a canto, en todo el jirón Bolívar, se propaló la noticia.

—No debieran permitir —decían algunas señoras—. ¡Es una

barbaridad! ¡Pobres indios! Ellos son los paganos. Lo que es yo, no voy. No estoy para salvajismos.

—¿Tú irás? —se preguntaban desde ese mismo día las niñas.

—No sé hija; será de ver. Pero tengo miedo.

—¡Qué Misitu, ni qué Misitu! —decían algunos viejos—. Yo he visto toros bravos verdaderos; toros machos, con las piernas destrozadas por los dinamitazos, perseguir a los indios, bramando todavía. ¡Misitu! ¡Qué tanto será! Lo que hemos visto los antiguos ya no habrá.

El ayllu completo reunido en K'oro ladera. K'ayau se reúne en un claro de la ladera, entre las casas de los comuneros de Kaychu, Chamochumpi y los arpistas Llana. Casi en el centro del claro hay una piedra alaymosca, como de medio metro de altura. Todo el ayllu de K'ayau está en la falda del Tok'to, entre hondonadas y morros; el barrio no tiene calles derechas; es pueblo indio. Ese primer domingo de julio el ayllu estaba completo en el cabildo. De todas las chacras y hasta de los echaderos habían bajado al pueblo, los k'ayaus.

Cuando los varayok's aparecieron en K'oro ladera, los indios se revolvieron. Más de mil eran. Se hablaban unos a otros, en voz alta.

—¡Campu, campu! ¡Carago!

—¡Campu! ¡Carago!

Estiraban todos el cuello.

El varayok' alcalde se paró sobre la piedra. Todos los k'ayaus levantaron la cara.

—Don Jolián Arangüina para ayllu regalando Misitu...

El varayok' alcalde habló en quechua; informó al cabildo sobre su entrevista con don Julián.

—¡Eso sí, carago!

—¡Ahura sí, caragu!

—¡Misitucha! ¡Ahura sí!

El sol pasaba ya por el centro del cielo; ardía fuerte en el blanqueo de las paredes, sobre la cal de los techos. Las rocas, en la cumbre de los cerros que rodean al pueblo, parecían más negras a esa hora; ya no había nubes en el cielo; en lo alto, daban vueltas gavilanes y ak'chis, volando lento.

—¡Ayllu entero será comisión! —proclamó el alcalde.

—Sigoro pues, taita.

—¡Claro pues!

—¡Caragu Misitucha!

—¡Ja'caraya! Mistichas verán. Principales asustarán con Misitu.

—¡Sigoro!

—¡Nu'hay cojodices!

—¡K'ayau premero será en plaza!

—Capaz en alto no más Misitu enrabia. ¡Capaz con dinamita asustará como chascha!

—¡Capaz con enjualma asustará!

De todos los ayllus llegaban comuneros para ver el cabildo de los k'ayaus. Mujeres y mak'tillos también miraban desde la esquina de los arpistas. En los otros ayllus ya había terminado el cabildo; y venían a K'ayau para saber. En la plaza de Pichk'achuri se revolvían los comuneros, miraban la ladera.

Todos los k'ayaus hablaban fuerte. Hasta lejos se oía el griterío del cabildo.

—¡Misitu amarrado llegará!

—¡Ayllu entero será comisión!

Del centro de la plaza, desde Pichk'achuri, subió un cohete; echando humo se elevó en el cielo; pasó sobre el cabildo; se fue bien alto, avanzando más en el cielo de K'ayau, y reventó en la altura del cerro Tok'to. El cohete vacío, bajó, derecho, como liwi, y cayó en el canto del ayllu sobre las yerbas del cerro. Los indios de K'ayau miraban el cohete, desde su arranque, hasta que llegó a la tierra.

—¡Caragu, k'anrakuna!

Se voltearon para mirar la plaza de Pichk'achuri. Los comuneros de Pichk'achuri salieron de su plaza, por las cuatro esquinas; muchos alzaban los brazos, tiraban las puntas del poncho sobre el hombro.

—¡Jajayllas rabia!

Los varayok's de K'ayau se miraron con los comuneros del ayllu.

—¡Premero en vintiuchu ayllu K'ayau será! —exclamaron, casi gritando.

Ese domingo, toda la tarde y en la noche, los wakawak'ras atronaron en los cuatro barrios. Era muy entrado ya el menguante, pero salió la luna y alumbró fuerte, porque el cielo estaba limpio. Los trigales de los cerros se veían bien claro desde el pueblo; los eucaliptos de Pichk'achuri, los molles de los corrales, aparecieron; hasta podía contárseles las ramas. De K'ayau, de K'ollana, de Chaupi, siguieron tocando turupukllay.

Brillaba en la luna la calamina de los techos en el jirón Bolívar; los molles se mecían oscuramente sobre los patios y campos de los barrios; el viento gemía en los cerros, abatiendo los trigales y las ramas de los eucaliptos. Los perros chuscos de los ayllus se desesperaban; y por el alto del cielo más fuerte que el viento y la voz de los chaschas, atronaban los wakawak'ras, como voces de toros que lloraran sobre las cumbres y en el fondo de la quebrada, rodeando el pueblo.

* * *

Desde ese domingo en las casas de los vecinos y en los barrios, en las calles y las chacras, hablaban de la corrida, de la competencia de K'ayau con Pichk'achuri; qué ayllu traería a los toros más bravos, qué capeadores los tumbarían a dinamita en la plaza, arrimando el pecho a los cuernos. Chaupi y K'ollana también pondrían cuatro toros cada ayllu, como todos los años. Pero Chaupi sólo ganaba a los otros barrios en tener más herreros, más carpinteros y sombrereros, en tener maestros artesanos. K'ollana con sus albañiles y danzantes. Casi todas las casas nuevas de los vecinos principales eran obra de los k'ollanas. Pero el 28 no podían. Ayllus y vecinos temblaban en la plaza, cuando los capeadores de K'ayau y Pichk'achuri llamaban desde lejos, poncho en mano, a los toros bravos. Temblaban cholas y niñas, cuando el callejón o el allk'a daban vueltas junto a las barreras, con el Juancha o el Nicacha colgando de las astas, a veces del chumpi, a veces de la ingle. «Honrao» Rojas entraba, dinamita en mano a la plaza, ardiendo la mecha, llamaba con su brazo al pillko, al allk'a:

—¡Chascha! ¡Turucha carago!

El allk'a escarbaba el suelo, sacando la lengua.

Mientras, don Maywa y los pichk'achuris tocaban turupukllay en los wakawak'ras; la arenilla de la tierra ardía en la plaza.

—¡Carago chascha!

Desde lejos arrancaba el toro. «Honrao» Rojas ya sabía. Riéndose fuerte esperaba:

—¡Jajayllas, turucha!

Cuando el toro estaba para cornearle ya, «Honrao» Rojas tiraba al suelo el cartucho. Retumbaba la plaza, el polvo subía del suelo en remolino. «Honrao» Rojas andaba de espaldas a las barreras. A veces el toro pataleaba, lomo en tierra; o corría, como loco, echando sangre del pecho; otras veces, cuando pasaba el polvo, el toro veía al «Honrao», bramando saltaba, pero ya no había tiempo, el «Honrao» llegaba, riéndose, a la barrera.

—¡Jajayllas, turucha!

Así eran los k'ayaus y los pichk'achuris en las corridas. Por eso Chaupi y K'ollana no pensaban en hacer competencia a los capeadores de los otros ayllus. Pero en el 28, y en las fiestas grandes, K'ollana y Chaupi ponían en las calles a sus dansak's. En todas las esquinas y en las plazas, los dansak's de K'ollana eran dueños. No había hombre para el Tankayllu y para el taita «Untu» de K'ollana. Tankayllu salía a bailar con Nicanor Rojas de arpista y Jacinto Pedraza de violinista. Su pantalón y su chaleco, espejo y cintura dorada, piñes de todos los colores; sobre la gran montera llevaba un cuerpo de gavilán, con el pico por delante; sus tijeras de acero se oían a tres cuadras. Cuando Tankayllu salía a bailar, se juntaba la gente de los cuatro ayllus; y cuando entraba al jirón Bolívar, tocando sus tijeras, las niñas y los mistis salían a los balcones.

—¡Es un artista este indio! —decían.

Pero la competencia de los dansak's no era como la de los capeadores. Con los toros bravos era competencia grande, ante todo el pueblo de Puquio y de los distritos. En cambio, cuando el Tankayllu entraba al jirón Bolívar, tocando sus tijeras, las niñas y los mistis se machucaban en los balcones para verlo. Entonces no había K'ayau, ni Chaupi, ni K'ollana; el pueblo entero, los indios de todos los barrios se alegraban, llenaban la calle de los mistis; sus ojos brillaban mirando la cara de los vecinos.

—¡Es un artista! ¡Hay que llevarlo a Lima! —hablaban en los balcones.

—¡Será un indio…, pero qué bien baila!

—¡Es brutal, pistonudo!

Mirando la cara de los vecinos, los comuneros de los cuatro ayllus tenían fiesta; el regocijo era igual para todos los indios de Puquio. Y desafiaban en su adentro a los mistis:

—¿Dónde habiendo de mistis? Con su caballito nazqueño, con su apero de plata, con su corbatita, badulaquean. Con trapo no más. ¿Dónde habiendo hombre para Tankayllu?

Por eso los k'ollanas confiaban para el 28 en el Tankayllu y en el taita «Untu». Decían en los barrios que ese año el Tankayllu iba a lucir otra ropa y montera nueva.

Mientras, en Pichk'achuri y en K'ayau, se alistaban para llevar al pueblo los toros más bravos de todas las punas. Los capeadores amenazaban:

—¡Yu será! ¡Yu k'ari!

Los vecinos también, en todas sus reuniones hablaban de la corrida. Cuando se encontraban en los caminos de paso a sus chacras o de vuelta al pueblo; cuando tomaban cerveza y pisco en las tiendas; cuando se reunían para charlar bajo los faroles de las esquinas, hacían apuestas por K'ayau o por Pichk'achuri; a favor o en contra del Misitu. Don Pancho Jiménez contra don Julián Arangüena.

—Los indios arrastrarán a su Misitu —le gritaba don Pancho.

—¡Apuesto! —contestaba don Julián—. Lo dejé en los k'eñwales, y no le pegué un tiro, porque toda la gente de la puna y de los otros pueblos hablan de mi toro. ¡Porque es el patrón de las alturas! Lo he regalado a K'ayau para que el Misitu se banquetee con los indios. Es un regalo al Misitu, más bien.

Y la risa le sacudía todo el cuerpo.

Don Pancho Jiménez y don Julián Arangüena apostaron diez docenas de cerveza.

Pero en los corredores de la subprefectura se hablaba de la corrida, más que en los ayllus y que en las calles del jirón Bolívar.

El Subprefecto era iqueño, nunca había visto un turupukllay. Al mediodía y de atardecer, el corredor de la subprefectura estaba siempre lleno de mistis. Todos los principales le hablaban al Subprefecto de la corrida en Puquio; se quitaban la palabra, porque cada uno quería contar lo más importante, lo que era más sensacional según el parecer de los vecinos.

—Usted va gozar, señor Subprefecto. Es algo fenomenal.

—Usted conoce la plaza del barrio de Pichk'achuri, es más grande que la plaza de armas de Lima. La indiada de cada barrio cierra una esquina con barreras de eucaliptos. Nosotros vemos la corrida de los balcones de don Crisóstomo Bendezú y de un palco que los indios hacen sobre el muro, junto a la casa de don Crisóstomo. La indiada se acomoda en los techos, en las barreras y sobre las paredes. ¡Ya verá usted! Diez, doce toros se lidian. La plaza es grande. No hacen barreras especiales para los capeadores; abren un choclón no más en el centro de la plaza. Los indios son más bravos que los toros, y entran, desafiando. Capean con sus ponchos; y cuando se asustan, corren, y se tiran al choclón, en pelotera. El toro se queda a la orilla del hueco, resoplando con furia. Pero no todos los indios corren bien, y el toro alcanza a algunos, de la entrepierna los suspende, los retacea como a trapos…

—¡Eso no es nada! —decía otro; todos querían hacerse oír con el Subprefecto—. ¡Eso no es nada! Hay cuatro enjalmas para los toros más bravos; las enjalmas las regalan las señoritas principales de nuestro pueblo; son enjalmas de seda, con monedas de plata y a veces de oro, en las puntas y en el bordado. Las enjalmas son paseadas a caballo por nosotros, entre cohetazos y música de la banda y de los wakawak'ras que tocan los indios. ¡Viera usted! Al toro bravo se le cose la enjalma en el lomo, comenzando del morrillo. Por la enjalma los indios se alocan, entran por tropas para arrancar la enjalma. ¡Y eso es de ver, señor Subprefecto! Porque los indios son también como fieras…

—¡Caramba! Pero debe ser fuerte eso.

—¡Es pistonudo!

—Pero yo no creí que fuera tan salvaje. Ya lo veremos. Sólo que quizá no es cristiano eso…

—No diga, señor Subprefecto; su antecesor era limeño de pura cepa, y gozaba como pagado. Usted perdone, pero como un chancho gozaba. ¡Había que ver!

—Los guardias civiles también dicen que no han visto algo de más emoción.

—Sin embargo, yo no estoy de acuerdo con esas salvajadas.

—¡No diga, mi Supre! Sin corrida el 28 no sería fiesta.

—No habría nada.

—¿Y el Tankayllu?

—¡Ah, mi querido Supre! El Tankayllu es un danzante indio que vale.

—Para el 28 no hay más que la corrida, el Tankayllu y el paseo de antorchas de los escoleros.

—Pero la corrida es lo fuerte. Lo demás es ñagaza, ripio no más. Sin el turupukllay, el 28 sería como cualquier día.

—¡Ya estoy viendo a nuestro Supre amarillo con la emoción, cuando el K'encho entre, dinamita en mano, contra el Misitu!

—¡Porque al Misitu lo traen, señor Subprefecto! Nuestros indios son resueltos. No crea usted que son como esos indiecitos de otros pueblos. Antes, en otros tiempos, nuestros abuelos tuvieron que pelarse para sujetar a estos indios. ¡Y más de un susto les dieron! Ahora nos llevamos entre bien y mal. ¡Y valen estos cholos!

—¡Sí, señor!

—Ya sabe usted que la carretera por donde usted ha venido la abrieron los indios en veintiocho días. La plaza de mercado la levantaron los ayllus en dos meses. Trabajaban como hormigas.

—¡Y contagian estos indios! Esos días de la faena para el mercado, hasta yo, ocioso por sangre, sentía un cominillo por entrar con ellos.

—Eso era de ver, señor Subprefecto. En la faena son unas fieras, aunque trabajando para los principales se duermen en las chacras.

—¡Bueno, señor Subprefecto! Al Misitu lo traen de las orejas.

—Y con el Misitu tendremos una corrida como en tiempo de los antiguos.

—¡Ojalá, señores! Veo que les gustan esas corridas, más que a los chapetes su Joselito y su Belmonte.

—Depende, señor. Aquí también tenemos nuestros cholazos. Al mediodía y al atardecer llegaban los principales que habían salido a las chacras. Algunos se iban derecho a sus casas; otros sabían que a esa hora se podía charlar con el Subprefecto en el corredor de su despacho, y se dirigían a la plaza. Cuando estaban en el parquecito, sujetaban las riendas y lucían sus aguilillos, para que vieran los vecinos y la autoridad principal. Desmontaban en la puerta del cuartel y subían a carrera las gradas de la subprefectura. Los que habían llegado se juntaban cada vez más, rodeando al Subprefecto.

—Se llevará usted un recuerdo imperecedero de nuestro pueblo. Esta corrida va ser grande.

—Ojalá, amigos. Aunque no me gustan mucho las salvajadas.

—¡Qué hubiera dicho entonces con las corridas de hace veinte años! Cuando se amarraba un cóndor al lomo del toro más bravo, para que rabie más. El toro picoteado por el cóndor volteaba indios como si nada. Y después entraban los vecinos a caballo; a rejonazo limpio mataban al toro. Al final de la fiesta se cosían cintas en las alas del cóndor y se le soltaba entre gritos y cantos. El cóndor se elevaba con sus cintas; parecía cometa negra. Meses de meses después, en las alturas, el cóndor ese volaba todavía de nevado a nevado jalando sus cintas.

—En noviembre, señor Subprefecto, encontré yo en el K'arwarasu, un cóndor con sus cintas. ¡Era de ver!

Los vecinos se arrimaban más. Todos querían decir su parte. Contar algo nuevo.

—Usted no conoce nuestro gran cerro, señor Subprefecto. El Misti de Arequipa es un montoncito de tierra junto a nuestro nevado K'arwarasu. Tiene tres picos de pura nieve. ¿Y por qué será? De la misma nieve salen peñas negras.

—¡Sí, mi Supre! En una de esas peñas estaba el cóndor. Le eché un tiro al aire con mi revólver. Y el animalito se voló de la peña. Por encima de los tres picos se fue, jalando sus cintas. Yo le seguí con la vista, hasta que se enterró en las nubes que siempre hay en el alto del K'arwarasu.

A veces el Subprefecto se cansaba de oírles hablar, hora tras hora, de las corridas, de los toros bravos, de los indios...

—Señores, iremos a caminar un poco.

Y bajaba a dar vueltas en el parquecito. De allí se despedía el

Subprefecto, y visitaba las tiendas de las niñas. Pero también a ellas les gustaba hablar de las corridas y del Tankayllu.

—¡Diablo! —decía ya, cuando estaba solo—. Tanto me hablan en este pueblo de este indio danzante que ya me están dando ganas de verlo.

Pero el juez y el capitán, jefe provincial, que eran también costeños, le dijeron en confianza:

—Ese Tankayllu es un indio sucio como todos, pero hace algunas piruetas y llama la atención. En cuanto a la corrida…

—Es una salvajada, tal cual usted la piensa. Y más es lo que uno asquea de lo que hacen estos indios brutos que lo que uno se distrae.

Y mientras hablaban las autoridades y los vecinos en el jirón Bolívar y en la plaza de armas; mientras en el billar, en la botica, en los comedores y en las tiendas, recordaban el turupukllay de otros años, en los cuatro barrios, y en los cerros, sonaban los wakawak'ras. Algunas noches, de K'ayau y de Pichk'achuri, se elevaban cohetes de arranque y reventaban en dirección de la calle de los mistis.

V
La circular

Un miércoles por la mañana, a mediados de julio, el Subprefecto hizo llamar al Alcalde y a los vecinos notables del pueblo.

El Subprefecto recibió a los vecinos en su despacho. A medida que iban llegando, les mostraba una silla para que se sentaran. Cerca de las once, los vecinos habían ocupado ya todas las sillas y las bancas del despacho. Eran como cincuenta.

El Subprefecto, de espaldas a la mesa, se cuadró con un papel en la mano, y empezó a hablar:

—Señor Alcalde y señores vecinos: tengo que darles una mala noticia. He recibido una circular de la Dirección de Gobierno, prohibiendo las corridas sin diestros. Para ustedes que han hablado tanto de las corridas de este pueblo, es una fatalidad. Pero yo creo que esta prohibición es en bien del país, porque da fin a una costumbre que era un salvajismo, según ustedes mismos me han informado, porque los toros ocasionaban muertos y heridos. Como ustedes se dan cuenta, yo tengo que hacer cumplir esta orden. Y les aviso con tiempo para que contraten a un torero en Lima, si quieren tener corrida en fiestas patrias. La circular será pegada en las esquinas del jirón principal.

El Alcalde miró asustado a los vecinos; los vecinos se levantaron de sus asientos y miraron al Subprefecto. No sabían qué decir.

¿No haber corrida en la plaza de Pichk'achuri? ¿No haber choclón para que se ocultaran los indios? ¿No haber paseo de enjalmas entre cohetes y música de wakawak'ras, cachimbos y camaretas? ¿No haber dinamitazos para los toros más bravos? ¿Ya no entrarían a la plaza los cholos de Pichk'achuri y K'ayau, con sus ponchos de capa, a parar firmes frente a los toros bravos de K'oñani y K'ellk'ata? Y entonces ¿cómo iba a ser la corrida?

¿Dónde iba a ser? ¿La gente de Puquio iba a reunirse en Pichk'achuri, indios y vecinos, para ver a un solo torerito en la pampa del barrio, haciendo quites a los toros de K'oñani?

Don Pancho levantó el brazo, como señalando el asiento del Subprefecto.

—Señor —dijo—, ¡cómo va a ser eso! Hay apuesta pendiente para este año entre el barrio de K'ayau y Pichk'achuri. Y al Misitu de don Julián lo van a traer los indios de K'ayau.

—Aunque sea el otro año, pues, que prohíban la corrida.

—Haremos reclamo entre todos los vecinos.

—Seguro también el diestro no sabe torear en Pichk'achuri.

Y todos los principales amigos de don Pancho hablaron seguido. Cuando don Pancho empezó, ya ni uno se quedó sin hablar.

Pero el grupo de vecinos más notables y amigos de las autoridades, levantaron fuerte la voz, ya al último, viendo que el Subprefecto miraba con rabia a don Pancho Jiménez.

—¡No, señor Subprefecto! ¡Los vecinos conscientes estamos con la autoridad! La corrida de Puquio es deshonrosa para nuestro pueblo. Parecemos salvajes de África y nos gozamos con estos cholos que se meten entre las astas de los toros, sin saber torear y borrachos todavía —don Demetrio Cáceres avanzó hasta la mesa del Subprefecto. Se hacía el rabioso—. Yo he estado en las corridas de Belmonte en Lima y he gozado con su arte. Aquí hay que enseñar a la gente que sepan ver toros y corridas civilizadas. Todos estos vecinos que me rodean son los que van a Lima, son los más instruidos. Y apoyamos al Gobierno. Sí, señor.

Y siguió hablando largo rato, porque el Subprefecto le aprobaba moviendo la cabeza. Y todos los vecinos, comenzando por los más propietarios, se fueron reuniendo a su lado, junto a la mesa de la autoridad. Cuando don Demetrio Cáceres se calló, don Pancho estaba lejos, cerca de la puerta de salida; ahí estaban con él los puquianos menos principales y menos amigos del Subprefecto; se empujaban para acercarse a los vecinos notables, pero los otros miraban como asqueados a don Pancho, daban codazos y querían hacerse ver con el Subprefecto, como gente partidaria de don Demetrio.

——¡Señor Subprefecto! —llamó don Pancho, desde lejos—, capaz he faltado a la autoridad, pero no es para que se arrimen y me empujen a la puerta. Don Demetrio Cáceres, es pues bien leído y se queda en Lima meses de meses; el Alcalde Antenor, don Jesús Gutiérrez, don Gregorio Palomino, don Jorge de la Torre… también son los más principales de Puquio. Pero valgan verdades ante todo, ellos se gozan igual que nosotros en las corridas de Pichk'achuri; se ríen con toda la boca cuando el toro retacea el pantalón de un indio borracho. ¿Acaso no? Todos nos hemos criado a iguales en este pueblo, pero ellos entienden primero a la autoridad. ¡Quién pues no va a obedecer al Gobierno! Pero este año K'ayau va traer al Misitu, y hay apuesta de dos barrios; corrida grande va ser, por eso no más he rogado, y otros también. Pero obedeciendo a la autoridad todos somos obedientes señor Subprefecto. ¡Y no hay para qué estar rabiando!

——¡Claro, señor Subprefecto!

——¡Mire usted pues bien!

Todos los que estaban junto a la puerta hablaron, reclamando, mostrando su obediencia.

——Bueno, señores vecinos. Estamos de acuerdo —dijo el Subprefecto—. Que el Concejo Provincial tome las medidas convenientes sobre la corrida, acatando la circular. Yo no tengo nada más que decir. Y pueden retirarse.

——¡No pues! —habló don Pancho—. ¡Señor Supre, ya que estamos reunidos siquiera una cervecita nos tomaremos!

——¡Se tomará champaña, señor Subprefecto! —gritó don Demetrio, como resondrando a don Pancho y a sus partidarios.

——¡Está bien, don Demetrio, no es para calentarse! Cada uno ofrece según su bolsillo.

——Tendrá usted la bondad de acompañarnos, señor Subprefecto, al billar.

——¡Claro, señor Alcalde! Aquí no hay comodidades.

El Subprefecto, don Demetrio y el Alcalde avanzaron hacia la puerta; los otros vecinos abrieron calle para ellos. Y todos salieron tras de la autoridad.

En la plaza, frente al cuartel, se había reunido un grupo de mestizos y de indios. Cuando los vecinos salieron al corredor de la subprefectura, los cholos y los indios se separaron en tropitas; y vieron a los vecinos atravesar la plaza y entrar al jirón Bolívar.

—¡Caray! Algo pasará, seguro —dijo uno de ellos.

Disimulando, de tres en tres, de cuatro en cuatro, los mestizos tomaron la delantera y se dirigieron al jirón Bolívar. Tras de ellos siguieron los comuneros, en tropa.

Los vecinos entraron a la cantina del billar, pero don Pancho y un grupo de principales se quedaron en la calle, porque la tienda no alcanzaba para todos.

—¡Señor Supre! A su salud nos tomaremos una cervecita en mi tienda. Se queda usted bien acompañado —gritó don Pancho.

—Sigan, señores. Siento no estar con todos —contesto el Subprefecto.

Y entonces, algunos que ya estaban en la tienda del billar salieron para irse con don Pancho. Los vecinos quedaron así en dos bandos. Con don Demetrio Cáceres y con don Pancho.

En el billar, empezó a hablar don Demetrio:

—A veces, señor Subprefecto, tenemos que ceder nosotros a los deseos de los puquianos atrasados. Pero con una autoridad como usted, ya es distinto. Nos sentimos apoyados y encaminados a la civilización.

—¡Sí, sí! ¡Claro, claro!

—Es verdad.

—Así es.

—Con veinte subprefectos como usted se podría civilizar al Perú rápidamente. Necesitamos de autoridades que vengan a enseñarnos y que estén resueltas a imponer la cultura del extranjero. En estos pueblos, señor Subprefecto, vivimos todavía en la oscuridad. ¡Ni qué hablar de nuestro atraso! Y toda buena costumbre la echan a perder aquí, el medio, los cholos y algunos vecinos que tienen el indio adentro. ¿No ve la corrida? Aquí se hace con wakawak'ras, con dinamita, con lanza, en una plaza que es un pampón. ¡Y qué! No hay pasodoble, ni marcha, ni capas de colores, ni banderillas. ¡Puro indio! Huaynos, ayarachi. Y cholos borrachos. Y viendo eso, diga, señor Subprefecto, ¿quién no se malogra? Y así es toda fiesta, fiesta de religión o patriótica. Igual. Por eso, una autoridad como usted es la salvación.

—¡Claro!

—Mire usted, pues, bien, señor Subprefecto!

—¡Muy bien, muy bien! Felizmente en la costa ya no hay nada de eso. Allá, la civilización ya es un hecho. Y yo los ayudaré con toda voluntad. Sé que habrá dificultades; el oscurantismo es difícil de vencer. ¿No ven que ese otro grupo es más reacio? Ahora se emborracharán, y llorarán por la corrida.

—No les haga caso, señor. Son ignorantes y cobardes. Pero obedecerán, tranquilos.

—¡Ya sé, ya sé! Pero veo que tiran más para el monte.

—¡Y que sirvan el champaña! ¡Rápido! —don Demetrio golpeó el mostrador.

Don Norberto, el dueño del billar, se asustó cuando oyó pedir diez botellas de champaña.

En la tienda de don Pancho Jiménez había más bulla que en el billar. La mayor parte de los vecinos hablaban allí en tropel. Frente a la puerta, casi llenando la calle, chalos y comuneros oían, y ellos también hablaban.

—Cómo va a ser la corrida sin el K'encho —gritaba don Pancho—. ¿Así es que no van a entrar el «Honrao», el Tobías, el Raura? ¿Cómo va ser, si no hay dinamita, si no hay enjalma? ¡Cojudeces no más! ¿Quién torerito va entrar a la plaza de Pichk'achuri? Como un tankayllu bailará en la plaza, como saltamontes se perderá.

—¿A ver? Pichk'achuri es para que entren cien, doscientos indios a torear. Tocando wakawak'ras, haciendo reventar dinamita. ¿Cómo un blanquiñoso va entrar a la plaza de Pichk'achuri? Se orinarían de risa los indios.

—¡No! ¡No! Telegrafiaremos a Lima. Rogaremos al Gobierno.

—¡Y ahora todavía! Cuando K'ayau está rabioso por traer al Misitu.

—¡Eso es fregar!

—Y don Demetrio se hace el extranjero. Seguro su alma está llorando por la corrida. «Ay, cómo va ser sin el "Honrao"», está diciendo en su adentro. Pero en el despacho del Subprefecto parece limeño prisionero en Puquio.

—Por qué serán tan aduladores y maricones.

—Y ¡carajo!, ahora los k'ayaus lo van a saber, y capaz ni van por el Misitu.

—¡No diga!

—¡Un pisco, k'anras!

—Qué pisco! ¡Cañazo! ¡Trago quiero!

—¡Cañazo!

—¿Qué tendrán que meterse en las cosas de los pueblos? ¡Pero uno pide en memorial reclamo verdadero para el pueblo y ni miran el papel!

—¡Oiga, don Pancho! Capaz no podemos.

—¡Capaz no hay corrida!

Los chalos y los comuneros oían. Se machucaban ya junto a la puerta.

—¡Qué será ha habido!

—Gobierno habrá mandado para que no hayga corrida.

—¡Taita! ¿Qué me dice patrón don Pancho? ¿Nu' hay corrida, dice? —preguntó un comunero.

Don Pancho salió a la puerta de la tienda. Habló desde allí:

—¡No hay apuesta con K'ayau! No hay necesidad Misitu, ni toros de K'oñani. Hay que traer novillo más bien para torerito limeño. Gobierno dice no quiere que natural capee. Ahora se ha acordado dice de su natural que sufre en la corrida de 28. ¡Carajo! ¡Ya no hay corrida, ni enjalma, ni barreras, ni dinamita! ¡Traigan novillo, lecheras, dice, hay que traer torero limeño! En la orejita nos pondremos clavelinas para ir en corrida de 28.

Cuando estaba hablando salieron del billar los otros vecinos. Viendo al Subprefecto los mestizos se fueron, casi corriendo, calle abajo. Los comuneros se arrimaron a la pared.

—¡Viene el Subprefecto!

—¡Viene el Subprefecto!

Los vecinos se revolvieron en la tienda de don Pancho. Don Pancho se acercó al mostrador.

—¡Qué tanta tembladera! ¡Más cañazo!

El Subprefecto lo encontró con medio vaso de aguardiente en la mano.

—¿Qué pasa aquí? ¿Qué tanta bulla? —preguntó.

Don Pancho estaba ya chispo. Tras del Subprefecto se alinea-

43

ron el Alcalde, don Demetrio, don Jesús Gutiérrez… Los ojos de todos ellos miraban a don Pancho, como si fuera perro sucio.

—¡No hay bulla, señor Subprefecto! Aquí estoy notificando que en Pichk'achuri va torear diestro limeño, que nuestro gobierno tiene pena de su natural.

—¿Quién le ha ordenado notificar?

—¡No pues notificar! Estoy avisando. Nuestra corrida de Puquio estamos despidiendo con cañacito. El gringo don Cáceres ha convidado su champán por el torerito de Lima. No es para calentarse. Cada uno hacemos según su conciencia.

—¡Nada de insultos! ¡No tolero, señor Subprefecto! —don Demetrio avanzó hasta el umbral de la tienda, se cuadró junto al Subprefecto, y quebrantando su cuerpo, miró a don Pancho.

—¡Chusco, carajo! ¡Adulete! —don Pancho apretó el vaso y tiró el aguardiente a los ojos de don Demetrio Cáceres. Sonó todavía el trago en la frente del vecino, chorreó a la camisa y llegó hasta el suelo. El Subprefecto subió a la tienda y atropelló a don Pancho.

—Pega no más, señor autoridad. Con usted no me meto —dijo éste, tranquilo.

Levantó los brazos para taparse la cara. Los otros vecinos salieron de la tienda, disimulando. En la calle, la gente corría hacia la puerta de don Pancho. Llegaron dos guardias civiles, se abrieron campo y entraron a la tienda.

—¡Lleven este cholo a la cárcel! —ordenó el Subprefecto.

Cuando los guardias estuvieron arrastrando a don Pancho, ya en la puerta de la tienda, don Demetrio le dio un puntapié en la nalga. El Subprefecto gritó desde la puerta:

—¡Y despejen, guanacos! ¡Fuera!

Toda la gente corrió, calle arriba y calle abajo.

—¡Cholos estúpidos! ¡Salvajes!

—¡Sí, señor! Son unos brutos.

—¡Unos salvajes!

—¡Vergüenza de Puquio!

Don Antenor Miranda, don Jorge de la Torre, don Jesús Gutiérrez… hablaron rápido; ellos también sacaban el pecho, como el Subprefecto, y miraban asqueando a la gente que hormigueaba en la calle y salía en tropel del jirón Bolívar a las otras calles.

A don Pancho lo llevaron del brazo, los dos guardias. Los cholos y algunos vecinos lo miraban asustados, como preguntando.

—¡Por defender a Puquio voy preso!

—¡Cállese! —le gritaban los guardias.

Y lo empujaron al patio del cuartel. En el patio se soleaban los «cuatreros» indios, los cholos acusados de asesinato, de violación, de faltamiento a la autoridad. Todos se pararon viendo entrar a un misti preso.

—¡Carajo! ¡Me enredaré en las tripas de ese adulete! ¡Algún día!

Por el jirón despejado ya, el Subprefecto y los vecinos notables volvieron a la plaza. Por las cuatro esquinas llegaban indios, vecinos y algunos chalos, pero veían al Subprefecto frente al cuartel, y se regresaban, como si estuvieran perseguidos. Otros se paraban un rato en el filo de la esquina, miraban la subprefectura, y se ocultaban.

—¡Estos pueblos son una porquería! Con razón nos ganaron los chilenos. Aguaitan como guanacos —dijo el Subprefecto.

—¡Sí, señor! La cobardía de los indios se mete en la sangre de uno.

—¡Verdad, señor Subprefecto! Bien hicieron los yankis en exterminar a los pielrojas.

En ese momento, el juez y dos escribanos salieron del Juzgado; vieron a los vecinos reunidos en el parquecito, frente al cuartel, y se dirigieron al grupo.

Cuando el juez estaba saludando a los vecinos, desde la puerta del cuartel llegó un grito fuerte:

—¡Me zurro en Demetrio Cáceres, carajo!

—Ese Pancho Jiménez es el único que tiene boca. ¡Sargento! Haga callar a ese hombre, o lo rajo.

Estuvieron esperando un rato. Don Demetrio quería oír si don Pancho se quejaba; «Ya lo estarán pateando», «Lo estarán tumbando», decía en su conciencia.

—Bueno, señores, los dejo. Supongo que a la tarde sesionará el Concejo.

El Subprefecto saludó a todos y se dirigió a su despacho.

Los vecinos, ya solos, se miraron con desconfianza, cada uno, calculando la conciencia del otro. Don Antenor habló primero.

—En serio, nuestra corrida es un atraso. Pero difícil va a ser convencer a la indiada.

—Pero el Municipio tiene que acatar la ley y prohibir la corrida en Pichk'achuri. ¡El Gobierno es el Gobierno!

—¡Claro!

—¡Claro!

—¡Quién dice que no!

—¿Y don Pancho?

—El Subprefecto se encargará de ajustarlo.

—Haré citar para las 9 p.m. Sería bueno que fueran todos los vecinos, y el señor cura también —dijo el Alcalde.

—Sí. Que se comprometan todos los vecinos a apoyar la circular.

—Hasta luego, señores.

—Hasta luego.

Todos vivían en el jirón Bolívar, pero se separaron. No querían hablar ya más entre ellos. Y llegaron al jirón Bolívar unos tras de otros.

* * *

Por la noche, en el corredor de la municipalidad, alumbraba una lámpara de gasolina. Los faroles de las esquinas de la plaza apenas aclaraban el blanqueo de las paredes; la gente se veía, en esa luz, como sombras. Los faroles de kerosene aumentaban la oscuridad en el centro de la plaza. La luz del municipio pasaba por alto, como saliendo por una ventana, llegaba a la torre y a la cumbre de la iglesia; la cruz de acero de la iglesia se veía claro, el trapo blanco que colgaba de uno de sus brazos temblaba con el viento.

Los vecinos subían al municipio por ambas gradas, viniendo por la esquina del jirón Bolívar y del barrio de K'ayau. Algunos vecinos conversaban en el corredor, bajo la lámpara. Desde la plaza se veía hasta el color de la corbata o del pañuelo que tenían en el cuello. Levantaban sus bracitos; a veces se daban una vuelta, hablando, y se paraban después frente a los otros, mostrando el pecho y la barriga. Don Antenor salía y entraba, del corredor al salón municipal.

Cuando el Vicario llegó al corredor, don Antenor le dio la mano, agachando el cuerpo. Tras del Vicario entraron todos al salón de sesiones.

El salón municipal de Puquio es grande, cincuenta sillas caben a lo largo. En la cabecera del salón hay un estrado y allí está el despacho municipal. Una mesa de cedro, el asiento del Alcalde, que es una silla grande, como un trono, forrada de cuero. Y a la derecha e izquierda del sillón municipal otras sillas de cuero, más chicas, para los concejales. Un retrato del Presidente de la República cuelga de la pared cabecera; a la derecha de este retrato, hay un cuadro simbólico de la guerra con Chile, pintado por don Narciso Cueva, un indio de los pueblos del interior.

El Alcalde y los concejales se sentaron en sus sillas de cuero, los otros vecinos en las sillas de madera, unos frente a otros, a todo lo largo del salón. Uno de los concejales cedió su asiento al Vicario y bajó a sentarse entre los vecinos.

Dos lámparas de gasolina alumbraban con fuerza toda la sala.

El Alcalde se puso de pie, y habló:

—Señores concejales, señor Vicario, señores contribuyentes: están ustedes enterados de la circular del Director de Gobierno prohibiendo las corridas sin diestros. Hemos convocado este cabildo, para que todos se comprometan a respetar la circular y para acordar sobre la corrida. Queremos también oír el consejo de nuestro Vicario Foráneo.

—Pido la palabra.

—El señor vecino notable Cáceres tiene la palabra.

—Nuestro gobierno, señores, cumpliendo su llamamiento de protección al indígena desvalido y de retrasado cerebro, ha dictado esa inteligente medida. No podemos estar en desacuerdo con esa circular que extirpa de raíz un salvajismo en nuestro pueblo. Yo pido que el Concejo envíe un telegrama de agradecimiento al señor Director de Gobierno por ese mandamiento que protege la vida del indígena. Y que libra a Puquio de un salvajismo.

Don Demetrio miró a todos los vecinos, como despreciándolos. Y se sentó.

Los vecinos le aplaudieron.

—Queremos oír el consejo de nuestro Vicario —pidió el Alcalde.

El Vicario se paró, y ocultando sus manos en las mangas de su sotana, como si estuviera en el púlpito, habló.

—Señor Alcalde, señores vecinos: ustedes pues saben que he sido indio karwank'a. El santo obispo de Ayacucho me recogió por caridad y me llevó al seminario. Pero en mi corazón sigo queriendo a los indios, como si fueran hermanos. Las corridas de Pichk'achuri siempre han sido, pues, una ofensa al Señor. Los señores vecinos, con perdón sea dicho, gozaban de una fiesta de Satanás. ¿Dónde se ha visto que hagan entrar a indios borrachos contra toros bravos, en el deseo de gozar viendo destripar a un cristiano? Aquí, en nuestros pueblos, se ha vivido ofendiendo a nuestro Señor, al Niño Jesús, patrón del pueblo, de esa manera. Por eso la prohibición del Gobierno es santa.

—¡Pero don Pancho Jiménez quiere la corrida! —gritó don Demetrio Cáceres.

—Olvidemos a los hijos malvados. Ya él comprenderá su ceguera. Pero el cabildo debe aprobar el pedido del señor Cáceres. Es mi opinión de sacerdote.

—¡Viva el doctor Salcedo!

—¡Vivaaa!

—Señor Cáceres, háganos el honor de redactar el telegrama —pidió el Alcalde.

Don Demetrio subió al estrado y reemplazó al secretario.

Mientras don Demetrio escribía, don Julián Arangüena preguntó desde el extremo del salón:

—Señor Alcalde, ¿va a haber o no va a haber corrida?

—Sí, señor. El Concejo contratará un diestro en Lima.

—¿Y cómo va a ser la corrida? ¿Los indios van a mirar no más? ¿Y las enjalmas? ¿Y la dinamita? ¿Y el ayllu de K'ayau? ¿En silencio no más va a ser la corrida?

—¡Don Julián! Le ruego no contradecir al Gobierno.

—¡Qué contradecir! Yo no soy don Pancho Jiménez. Yo hablo aquí. He dado mi toro al ayllu de K'ayau, y quiero saber.

—Los ayllus van a traer los toros, como siempre, don Julián. Pero la corrida va a ser a la moderna.

Don Julián se rio fuerte, hasta que retumbó la sala.

—¡No diga, señor Alcalde! Si por milagro traen al Misitu, ¿cómo va a encararle un torerito? ¿A ver? ¿Qué dicen, señores vecinos?

Don Demetrio se levantó y avanzó hasta el extremo del estrado.

—¡Señor Alcalde! Hay que dejarse de atraserías. No hay toros para un diestro limeño. El Misitu es un pobre gato comparado con los torazos de Mala.

—Usted ha visto a esos toros en Acho. Don Demetrio se orinará, en primer lugar, cuando vea el Misitu. Y mi toro destripará a cualquier torerito...

—¡Señor Arangüena! —contestó el Vicario, midiendo la conciencia de don Antenor y de don Demetrio—. Eso es cuenta del diestro. Pero el Municipio, en su deber, hará muy bien contratando al torero. Que el señor Cáceres se sirva leernos el telegrama. Yo les ruego calma.

—¡Bueno, bueno! Lo que tiene que suceder sucederá—. Y don Julián se alzó de hombros.

Don Demetrio leyó en voz alta:

«El Alcalde, Vicario y vecinos notables de esta ciudad agradecen a usted y le felicitan por medida contra las corridas sin diestros, en defensa pueblo indígena desvalido».

—No me convence —don Julián hablaba en voz baja; algunos vecinos movían la cabeza, aprobando lo que don Julián decía. Pero todos firmaron el telegrama.

Firmaban y salían, apurados. En la plaza, junto a las gradas, se encontraban con un pueblo de indios, de chalos y escoleros.

—¡Taitay, taitay! —llamaban los indios. Pero los vecinos bajaban a carrera las gradas, se abrían campo, y pasaban rápido entre la gente, como escapando.

Cuando bajó don Julián, los indios de K'ayau se acercaron más a las gradas. Llegaron a alinearse sobre el primer escalón. Tras de los k'ayaus hablaban pichk'achuris, los k'ollanas y los chaupis, en la oscuridad. El farol de la esquina no servía, su luz no llegaba ni a la pila que hay frente a la cárcel. La indiada llegaba ya hasta la pila grande; parados sobre el caño de fierro y en la base de cemento miraban la puerta del salón municipal; como en procesión de Corpus se arremolinaban frente a la alcaldía.

—¡Caragu! ¡Nu será! —hablaban.

—¡Nu'hay pukllay! —dicen—. ¡Nu será!

Don Julián bajó las gradas, se ajustó el sombrero y siguió, tranquilo; otros principales se regresaron, oyendo a la indiada.

—¡Taitay patrón! ¡Avisando pues! Gubiernos, nu quiere, dice, turupukllay en Pichk'achuri —le preguntaron a don Julián.

—¡Ari!

—¡Nu será, don Jolián!

Los varayok's de K'ayau subieron una grada más.

—Misitu llegará, don Jolián. Sempre será pukllay, werak'ocha.

—Con capeador extranguero va ser; torero extranguero va venir con su banderilla. Taitay Alcalde traerá para 28 —contestó don Julián.

—¡Nu será don Jolián! ¡Misitu es para ayllu K'ayau!

—¡Kank'am pukllay! (Habrá corrida) —don Antenor gritó desde la puerta del municipio. Bajó las gradas y miró, suplicando, a don Julián.

—Hay que decirles que va a haber corrida, señor Arangüena. Corrida igual que todos los años. ¿Usted no sabe que estos indios son unos salvajes?

—¡Cumunkuna!

Don Antenor habló en quechua largo rato

—¡Está bien, taitay Alcalde!

—¡Está bien!

—¡Está bien!

Por la esquina de K'ayau, llenando la calle, como tropa grande de ganado, los puquios salieron de la plaza.

Los mistis se miraron.

—¡Nada, nada, don Antenor!

—Hay que sacrificarse, señores. No hay que desanimar. Ya se arreglará. Y en nombre del cielo, le ruego, don Julián… —habló el Vicario.

Cuando los vecinos principales estuvieron saliendo de la plaza, desde los cuatro ayllus cantaron los wakawak'ras. En la plaza oscura, en el pueblo tranquilo ya, el turupukllay resonó; como viento soplaba en las calles. ¡Era el pukllay del 28! En lo hondo de la conciencia de don Demetrio, de don Antenor, de don Julián… se levantó la alegría, y andaron más rápido. La alegría de ver al K'encho, al «Honrao», resondrando al toro, mostrando el pecho.

De algunas tiendas del jirón Bolívar salía la luz blanca de lámparas hasta la calle. Bajo los faroles de las esquinas había una sombra redonda; cuando llegaba el viento, la sombra daba vueltas. El blanqueo de las paredes, junto a los faroles, se veía desde lejos, hasta con las rajaduras que le hicieron los aguaceros. Pero el jirón de los mistis estaba en silencio.

En la plaza de K'ayau, de Pichk'achuri gritaban los sapos. Todo el ayllu estaba más oscuro. Y de allí cantaban los wakawak'ras, a rato lloraban fuerte; salía el canto como del corazón de la plaza, parece de dentro de la capilla, y llegaba hasta el río grande.

—En Puquio está fuerte el preparativo para el 28 —decían los mistis que dormían en las haciendas.

—¡K'ayau, Pichk'achuri, dice van pelear vintiuchu! —hablaban los concertados de las haciendas, junto al río grande.

—¡Qué pueblo de indios!

El capitán Jefe Provincial y el juez de Primera Instancia maldecían a Puquio.

VI
La autoridad

El Subprefecto vio, desde el corredor de su despacho, entrar a la indiada de barrios a la plaza; llegar en tropas grandes, hablando entre todos, y reunirse al pie de la alcaldía. El Subprefecto se paseaba en el corredor, pensando. De rato en rato se levantaba la voz de la indiada, desde la plaza. Los farolitos de las esquinas daban un poco de luz sobre los indios que llegaban; eran como tropa cerrada, ni las cabezas se veían; avanzaban en la pampa, como resbalando hacia la alcaldía.

—¡Esto es un cinema! ¡Parece película!

No tenía miedo. No veía a la gente, no entendía lo que hablaban.

—¡Es puro ganado!

En el corredor iluminado de la alcaldía, también, como en una pantalla de cine, hablaban los vecinos. Al pie de la lámpara se juntaban, de tres, de cuatro, moviendo sus bracitos; el pañuelo que muchos tenían en el cuello flameaba a ratos con el viento. Cuando el Vicario llegó, su sotana negra hizo sombra sobre la pared caleada del corredor. Ante el cura inclinaron su cuerpo los vecinos; y tras de él entraron al salón municipal. Después, el viento hacía llegar la voz del cabildo hasta la subprefectura. De lo que dijo el cura, de lo que dijo don Antenor, se oyeron palabras sueltas; pero la carcajada de don Julián llenó toda la plaza, levantó eco en el atrio de la iglesia. Los ayllus hicieron bulla en la plaza cuando oyeron la risa de don Julián.

El Subprefecto miraba el pueblo desde los balcones de su despacho, como si estuviera en sueños. En el cielo oscuro, silencioso, brillaban unas cuantas estrellitas; los ladridos de los perros de los cuatro ayllus parecían venir del cielo alto, negro. En la plaza grande, con sus cuatro faroles de kerosene, flameando chiquitos en la oscuridad, la indiada esperaba junto al muro de la cárcel. El corredor del municipio, con su blanqueo iluminado por la lámpara de gasolina, parecía colgado en el aire, sobre la tropa de los indios.

—¡Pueblos como de otro mundo! Sólo la necesidad, la plata, puede traerlo a uno a sufrir esta cochinada —exclamó el Subprefecto.

La voz del Sargento interrumpió sus lamentos.

—¡Señor Subprefecto! ¿Puedo hablarle? —le preguntó.

—Pase, Sargento. Aquí estoy viendo el cine.

El Sargento llegó junto al Subprefecto.

—Usted es serrano, Sargento.

—No, señor Subprefecto, soy arequipeño.

—Le gusta este pueblo.

—¡Qué me va a gustar! ¡Qué indiada más fea había tenido! Ahí no sé qué están acordando. ¿No sería conveniente sacar los caballos? Éstos por cualquier cosa se levantan. Yo he estado cerca de la indiada, se mueven como el agua de las lagunas, de un canto a otro canto.

—Ahora no, Sargento. Ahí adentro está el cura, el Alcalde, todos los gamonales, don Julián Aranguena. ¡Qué van a levantarse! Rogarán más bien para que haya destripadera el 28. ¿Qué le parece nuestra patria? ¡Es una gran vaina! Pero también qué otra cosa puede dar esta tierra. Mire qué cielo para feo, qué pueblo más triste. A veces se me pone negro el humor entre estos cerros. Y pura aulladera de perros; y cuando no los perros, esos cuernos que los indios tocan como para día de difuntos; o si no el viento que grita en la calamina. ¡Es una vaina! ¿O a usted le parece bien?

—¡Qué va, señor! Pero a mí me friega también el disimulo y la prosa de estos gamonalcitos.

—Tiene usted razón. Unas veces me dan ganas de rajarlos a vergazos. Roban, chupan, engordan, desuellan a la indiada; y vienen al despacho, «¡Ay señor Supre!». Con la cara de lloriqueo, de misericordia. Y si pudieran matarlo a uno ¡con qué ansias lo harían! ¡Qué vaina es ésta!

—Sólo el Pancho Jiménez es guapo. Y también ese animal del Aranguena.

—¡Ah, cierto! ¡El Pancho Jiménez! No sé qué hacer con ese bruto. Cuando lo veo se me despierta la gana de echarlo como a perro rabioso, para que friegue al Miranda, al Fernández, al Cáceres… a todos estos sucios que se las dan de gente decente. Pero otras veces quisiera molerlo.

Cuando estaban conversando, se llenó la puerta del municipio con los vecinos que salían.

—¡Vaya, Sargento! ¡Vigile!

El Sargento bajó las gradas a trancos, y corrió hasta el centro de la plaza, donde estaba la guardia.

Pero después que el Alcalde explicó en quechua a los ayllus, garantizándoles el turupukllay, la indiada se movilizó a las esquinas. La voz de los indios se oía en la subprefectura como murmullo grueso que parecía sonar dentro de la tierra.

Se fueron por las cuatro esquinas a los barrios. Un hombre apagó la lámpara del municipio; y desaparecieron el techo de la iglesia, la torre de piedra, el corredor de la municipalidad. El Subprefecto pestañeó, para acomodar su vista a la oscuridad. Y claro, limpio, el agua de la pila empezó a cantar en la plaza; los grillos que dormían en los romazales, tras de la subprefectura, hicieron oír su grito. Los pasos de los guardias sonaron en el suelo, acercándose al cuartel.

—Ya no hay nada, señor Subprefecto. Así son estos cholos, arman su bullón y después desaparecen —dijo el Sargento, de vuelta, en el corredor.

—¿No le dije? ¡Si no conoceré yo a mi gente!

—Pero se ha quedado difunta la plaza.

—¡Todo es igual aquí! Mire ahora la plaza, mire el cielo, mire este corredor. ¡Las estrellas se separan en el cielo de legua en legua! ¡Este corredor largo, como cajón de muerto! La plaza parece el retrato del cielo. Y todos los indios tienen metido en el cuerpo el silencio de estos cerros, del cielo, de la plaza, ¡de toda esta vaina! Y cuando gritan, gritan feo, y se callan de repente. ¡Oiga, Sargento! ¡Tráigame a ese Pancho Jiménez! Aquí tenemos un poco de pisco. Le haremos hablar a ese cholo. ¡A ver si pasamos un buen rato! ¿No le parece?

—¡Buena idea, señor! Para rematar este día pesado.

El Subprefecto abrió la puerta de su despacho y prendió un fósforo para alumbrarse. A tientas, con el fósforo en la mano, avanzó hacia la mesa; cuando llegó al alfombrado del escritorio se apagó el fósforo. Prendió otro, y pudo alcanzar el candelero de dos brazos que había en un extremo de la mesa. La luz de las velas tambaleó un instante, como si las llamitas fueran a desprenderse del pabilo, y después se afirmaron y empezaron a crecer. Apareció, bien claro, el cielorraso de tela blanca, con las manchas redondas que dejaron las goteras de la lluvia; el retrato del Presidente, los sillones en fila, casi hasta el extremo de la sala, donde ya no llegaba la luz de las velas. Echando ajos, el Subprefecto se sentó en su sillón, tras de la mesa.

—¡Puquio! ¡Pueblo e porquerías!

Y cuando estaba maldiciendo, desde los cuatro ayllus, la voz de los wakawak'ras subió a la plaza, entró a la subprefectura, y cada vez más claro, más fuerte, la tonada de yawar fiesta crecía en el pueblo.

—¡Maldición! ¡Estos indios desgraciados!

Sintió los pasos del Sargento y de don Pancho en el corredor.

—¡Entren!

Con el sombrero en la mano y los pelos sobre la frente, don Pancho entró al salón.

—¡Buenas noches, mi señor Subprefecto! —saludó.

—Pase aquí. ¡Acérquese! Usted también, Sargento.

Don Pancho hizo temblar el piso de tabla con su andar; se sentó en la primera silla, junto a la mesa del Subprefecto. Con las manos en las rodillas, sin apoyar el cuerpo en el respaldo de la silla, como toda persona respetuosa de la autoridad, miró desconfiado al Subprefecto.

—Aquí estoy, a su mandar.

El Sargento se sentó junto a don Pancho.

—¿Por qué es tan feo su pueblo, don Pancho? —preguntó el Subprefecto.

Don Pancho tranquilizó su espíritu. La voz del Supre era amistosa, mucho más que cuando hablaba con don Antenor.

—Según, señor Subprefecto. ¡Cómo pues no va ser feo para usted! Usted es nacido en pueblo de la costa, así como también el señor Sargento es arequipeño. Para don Demetrio también es pueblo basuriento. Pero yo soy pues de aquí, mi cuerpo ha crecido en este aire; para mí, valgan verdades, Puquio no es feo. Yo he probado a vivir en otros pueblos, pero no se puede. Como usted, triste vivía.

—¿Y don Antenor?

—¡Para qué sirve ese señor! No es verdadero, su alma en Lima, pero su panza en Puquio. Es un maldecido.

—¿Y usted?

—Yo soy puquio, señor, vecino nacido en Chaupi, para su mandar.

—¿No le friegan esas cornetas de los indios?

—¡Ése es pukllay, señor! Ni enterrando el pueblo con todos los cerros haría usted callar a los wakawak'ras. Yo no soy adulete, como don Demetrio y don Antenor. Usted me ha honrao haciéndome traer a su despacho; yo no he venido a joderlo con mis adulaciones y chismerías, como los señores vecinos alimeñados. ¡Puquio es turupukllay! Acaso es jirón Bolívar. Mi tienda es allí, soy vecino principal. ¡Pero hay que ver, señor!

—Primero se tomará usted una copita. Saque copas de la alacena, Sargento, y el pisco también.

A don Pancho le parecía mentira estar en confianza con el Subprefecto. Creyó que pasaría la noche caminando en el corral de la cárcel, junto a los caballos de los «civiles». Desde el corral había oído la bulla que hicieron los ayllus en la plaza, la voz de los indios; había oído también la carcajada de don Julián. Y cuando estaba pateando el suelo de rabia, cuando su corazón estaba sofocándose, presintiendo lo que había pasado en el pueblo, lo llamó el Sargento para llevarlo al despacho del Subprefecto. ¡Quién, pues, iba a creer que era para tomarse un pisco con la autoridad, como entre amigos de confianza!

—No merezco el honor, señor Subprefecto. Yo también corresponderé, ¡siempre! Alguna vez será. ¡Caray!

El Sargento sirvió en vasos el pisco. Para don Pancho le llenó más de medio vaso.

—¡Al terminar, don Pancho!

—¡Comonó, señor!

Sin respirar siquiera, don Pancho volteó su vaso; y como para dar término al trago, golpeó la mesa con el asiento del vaso. El Subprefecto y el Sargento celebraron el ademán, riéndose fuerte.

—¡Claro, señor! Yo correspondo.

—Ahora, siga, don Pancho.

—Yo le digo, señor Supre, que la indiada es el pueblo, el Puquio verdadero. ¿Acaso es don Antenor, caminando blandito, apuntalándose con su bastón, cariñando a sus callos? ¿Cómo va quitar el Gobierno la corrida de Pichk'achuri? De casa en casa, por los cuatro ayllus, tendrían que ir los «civiles» quitando los wakawak'ras; tendrían que subir estos cerros y entrando a las chukllas, quitar los wakawak'ras de los indios del alto. ¿No están oyendo, señor? A ver, ¡paren un rato!… Ese pukllay que suena lejos, que baja, como de los luceros, es de los comuneros del alto. ¡Tendrían que hacer parar el corazón de todos los puquios para que no canten los wakawak'ras! Hasta el callo podrido de don Antenor sabe eso. Pero él se hace el santito; mejor dicho, y con el perdón de usted, se hace el güevón. ¡Le aconsejan mal a usted, señor! Aquí en la sierra, la fiesta, toda clase, de santos y del patria, es de la indiada. Los vecinos serán platudos, les sacarán el alma a los indios. Pero si hay fiesta en el pueblo, es de los ayllus. Ellos hacen las andas de los santos, ellos revientan los castillos, ellos riegan con flores las calles para que pase la Virgen o el Patrón del pueblo. Los vecinos engordamos no más. Así es la vida en la sierra, señor. ¡Valgan verdades!

—Hasta ahí tiene razón. Yo he estado en más de cien pueblos, desde guardia hasta Sargento, y lo que dice don Pancho es la pura verdad.

El Sargento se puso de pie.

—Ya le dije a usted, señor. Este don Pancho es verdadero.

El Subprefecto también se puso de pie; entonces don Pancho se paró, respetuoso, agarrando su sombrero con las dos manos.

—Antes de que yo hable, nos tomaremos otra.

El Subprefecto sirvió medio vaso para cada uno.

—Cada quien con la suya y ¡salud!

Volvieron a vaciar sus copas. Don Pancho golpeó otra vez la mesa con el vaso.

—«Sentaos», frase de Plinio —dijo el Subprefecto.

El Sargento y don Pancho comprendieron la invitación, y se sentaron.

—Yo hablo mejor andando. Y ahora estamos entre hombres, ¿no es cierto?

—¡Sí, señor!

El Subprefecto salió al centro del salón. Con las manos en los bolsillos empezó a pasearse, a todo lo largo de la alfombra.

—¡Yo, yo haría enterrar a este pueblo…!

A don Pancho le ardió en la boca una maldición, pero hizo fuerza y se tragó un golpe de saliva.

—Usted ha hablado como hombre, ¿no es cierto?

—Yo, señor, soy hombre desde nacido.

—¡Eso es! ¿Para qué sirve su pueblo? Don Antenor y sus compinches son una majada de perros sinvergüenzas, aduletes, como usted dice; con la panza aquí y el alma en Lima. ¿Y los indios? Una recua de sarnosos, sucios como chanchos borrachos, degenerados. Sólo para chupar, cantar, lloriquear y fornicar sirven…

Su voz aumentaba; se paraba a ratos frente a don Pancho, y entonces movía sus brazos con rabia, como si se sacara las palabras con la mano.

—¡Yo he visto a los indios metiendo piojos a la boca de sus guaguas…!

—¡No señor! ¡En Puquio no!

Don Pancho se levantó de su silla y se paró frente al Subprefecto.

—¡En Puquio no, señor!

—¿Yo miento?

El Subprefecto miró a don Pancho desde el extremo del alfombrado.

—Sí, señor Subprefecto. ¡En Puquio ningún ayllu come piojos! ¡Juro por Dios!

El Sargento se levantó también de su asiento, y tapando a don Pancho con su cuerpo, cara a cara al Subprefecto, habló fuerte:

—Yo tampoco he visto. ¡No peleemos, señor Subprefecto! Estamos entre hombres.

Se hizo a un lado. Y el Subprefecto miró otra vez los ojos chiquitos de don Pancho.

—¡Pero no habrá corrida en Pichk'achuri! ¡No verá usted destripar a nadie este 28! Usted no será un sucio como el Cáceres, como el Gutiérrez; ¡pero es un salvaje, un degenerado, un come sangre de indios!

—¡Bien, señor! Capaz es cierto. ¡No se enrabie, Supre! Distinto somos. Y usted como autoridad, con el mandamiento del Gobierno, puede fregar al pueblo.

—¡Sí, señor Subprefecto! No se moleste. Tomará usted la última.

El Sargento iba a servir; pero el Subprefecto se dirigió rápidamente junto a don Pancho. «Ahora lo patea», pensó el guardia. Pero el Subprefecto le tendió la mano.

—Hasta luego, don Pancho. ¡Váyase! Pero no se meta a arrear a los indios contra mí. Es usted el único puquiano liso y de lengua dura. ¡Pero ya sabe! ¡Mucho cuidado! Le puede costar el pellejo.

Don Pancho apretó la mano del Subprefecto.

—Hasta luego, señor. Tendré presente sus palabras.

Se acercó en seguida donde el Sargento.

—¡Gracias, señor Sargento!

En sus ojos chiquitos alumbró claro y limpio el agradecimiento.

Haciendo temblar el piso, don Pancho se dirigió a la puerta; en la sombra del extremo del salón, su cuerpo apareció crecido; casi rozando el umbral salió por la puerta. En el corredor crujieron las tablas con sus pisadas, y después se sintió el ruido de sus pasos sobre la piedra de las gradas, cuando bajaba a la plaza.

—¡Ya está en la plaza, Sargento!

Como si fuera a perseguirlo, el Subprefecto corrió a la puerta.

—¡Venga, Sargento! ¡Apúrese!

El Sargento se dirigió a la puerta.

—¡Mire! Está en lo más oscuro de la plaza; pero su sombrero blanco se ve —apretó el brazo del Sargento con furia—. ¡Ahí está el rifle de tiro, en la esquina del despacho! ¡Se escapa! ¿Me entiende? ¡Se escapa ese cholo e'mierda! ¡Tírele! Y quedará tumbado como un perro —hablaba despacio, pero conteniendo su voz, que le sacudía todo el cuerpo.

—¿No entiende? ¡Hay que matarlo! Tengo orden de matar a estos cabecillas.

El Sargento siguió mirando la plaza, con las piernas abiertas, a lo largo de la puerta, apoyándose en el dintel, como una barrera.

—¡Cálmese, señor! ¡Tranquilícese! —dijo.

Don Pancho apareció, cerca de la esquina alumbrada por el farolito. Allí empezó a silbar un huayno mestizo. Cuando llegó al pie del farol, su cuerpo se vio entero, aumentó la luz sobre su sombrero de paja; apareció también la sombra de todo el cuerpo, en el blanqueo de la pared; y cuando volteó la esquina, la luz del farol pareció resbalar un poco de lo alto de la pared. En el silencio del pueblo, el huayno que silbaba don Pancho se oía fuerte, como llenando el aire, de esquina a esquina.

—Había usted sido cobarde, Sargento.

Habló el Subprefecto, levantando la voz, cuando don Pancho salió de la plaza.

—Yo no mato así, señor. A traición, sólo a los bandoleros. No a los machos como el señor Jiménez. Descanse usted y despeje su cabeza. ¡Buenas noches, señor Subprefecto!

Dejó libre la puerta, se dirigió a la salida del corredor, y bajó las gradas, con su andar de costumbre.

El cielo estaba ya menos oscuro; aparecieron, como sombras, los cerros que rodean al pueblo; la torre de piedra blanca, la iglesia y la municipalidad se vieron claro en la plaza. Pero el cielo parecía más hondo, más frío. Seguían ladrando los perros, desde los cuatro ayllus. El Subprefecto sintió como que su cuerpo se hinchara, como que su pecho quisiera crecer hasta llenar el vacío del cielo y el silencio del pueblo.

—¡Maldita sea! ¡Yo me largo! ¡Estos serranos bestias, este pueblo desgraciado! Capaz si lo tumba al cholo se hubiera calmado mi ánimo. ¡Pero todo es una sarna en este país!

Cuando entró a su despacho, las dos velas del candelero flameaban humildes lamiendo el aire, al otro extremo de la sala. El retrato del Presidente parecía temblar tras de esa luz.

—¡Si tú estuvieras aquí! ¡Desgraciado!

Y el Subprefecto avanzó a tranco largo, hacia la cabecera del salón.

VII
Los «serranos»

Dos mil lucaninos vivían en Lima. Más de quinientos eran de Puquio, capital de la provincia.

Los lucaninos llegaron a Lima cuando en todas las provincias cundió, casi de repente, como una fiebre, el ansia de conocer la capital. ¡Llegar a Lima, ver, aunque fuera por un día, el Palacio, las tiendas de comercio, los autos que se lanzaban por las calles, los tranvías que hacían temblar el suelo, y después regresar! Ésa era la mayor aspiración de todos los lucaninos; desde Larkay, que está adentro, tras las cordilleras, entre los grandes ríos que van a la selva, hasta Alaramante y Saisa, que colindan con la costa.

Para Lima arreaban los principales los cientos de novillos que hacían engordar en los alfalfares de la quebrada; para Lima eran los quintales de lana que los vecinos juntaban en las punas, a látigo y bala; para Lima eran las piaras de mulas que salían de las minas de Papacha don Cristián. De Lima llegaban las ruedas de cigarros finos y ordinarios que colgaban de todos los mostradores de las tiendas; de Lima llegaban las telas que llenaban los armarios de los comerciantes; de Lima venían las ollas de fierro, el azúcar, los jarros y los platos de porcelana, las botellas, las cintas de color, los confites, la dinamita, los fósforos…

Por el Kondorsenk'a había que subir para ir a Lima, por esa cumbre azul que se levantaba, lejos, en el comienzo de la quebrada, allí donde el sol amarillo del anochecer brillaba todavía, cuando la quebrada oscurecía. Y tras del Kondorsenk'a había una pampa grande, donde se morirían, de regreso, los comuneros que llevaban «enganchados» a la costa; Galeras pampa, donde caía la lluvia, negra, entre truenos y sonando como un repunte sobre las cumbres. Y de allí, habría que cruzar aún las lomas secas, donde los «enganchados» «cansaban» para siempre, con la sed y la cuesta; y después, las arenas, la pampa de Tullutaka, en que el camino está orillado de cruces que señalan los huesos de los tercianientos…

—¡Dónde, dónde todavía será! —decían los comuneros y los mestizos, mirando el abra de Kondorsenk'a, que parecía azuleja, tras del aire de la quebrada.

Sólo los principales iban a Lima con frecuencia; los ganaderos, los comerciantes, los hacendados, los dueños de minas, las autoridades, el juez, el agente fiscal, el cura. Regresaban de dos, de tres meses, con ropa extranjera nueva; trayendo pelotas de jebe, trencitos, bicicletas, sombreritos azules para sus niños, los uña werak'ochas.

A veces, los chalos fueron como sirvientes de los vecinos; y algunos mestizos y comuneros entregaron sus hijos a los principales, para que los llevaran de regalo a sus compadres y amigos de Lima.

De los chalos, uno que otro se quedaron, con la voluntad de los vecinos o escapándose de ellos; otros regresaron. De vuelta, parecían distintos, andaban ligero en las calles, quebrantando atrás el cuerpo; y hablaban puro castellano, sin «elle» diciendo «gayo» en vez de gallina. Y asustaban a sus amistades, contando que habían visto casas que llegaban casi hasta el cielo, que las calles se atoraban con la gente, que los carros sonaban más fuerte que los truenos de enero y febrero; que las niñas eran tan lindas que uno se quedaba sin habla, sin moverse, cuando ellas miraban de frente a los serranos. Otros decían: «Como Puquio no más había sido».

Los que se quedaron, hicieron fama de honrados entre sus patrones, pero también de «brutos» y de hipócritas. Reían poco, obedecían corriendo, pero atolondrados y zonzos. Cuando les pegaban no decían nada; pero cualquier noche iban, llevándose sólo su cajoncito de trapos y papeles. Casi todos eran amorosos por la lectura y, aunque difícilmente, aprendían. Después de un tiempo, se compraban su guitarra, y despacio, cuando todos los patrones salían, tocaban y cantaban los huaynos de sus pueblos, en un rincón de sus cuartos, que estaban siempre en la azotea o junto al garaje. En los primeros tiempos, cuando salían a la calle, en sus domingos libres, andaban casi sin saber dónde, llegaban a las plazas, o al paseo Colón; y se sentaban en una banca a veces horas de horas, viendo pasar a la gente y a los autos.

—¡Miren! Un serrano.

Los muchachos los descubrían y les echaban cáscaras de plátanos, les jalaban del sombrero, les insultaban. Unas veces escapaban, defendiéndose a manotones, y se perdían tras de alguna esquina, mientras los palomillas se reían a gritos; otras veces se enfurecían y peleaban con los palomillas, hasta que los chicos se asustaban o hasta que venía algún guardia y se los llevaba a las comisarías.

Pero en esos parques, tarde o temprano, se encontraban con sus paisanos, o más fácilmente con otro mayordomo de Ayacucho, de Coracora o de Huancavelica… Y la amistad comenzaba ahí mismo. Alguno de los dos convidaba una kola, un heladito; conversaban largo rato, y después se iban a andar por cualquier parte. Algún domingo, uno de ellos llevaba al otro a su cuarto; hablaban de sus pueblos, de sus cholas, de las fiestas grandes, de sus querencias; se alegraban rápido, hasta una «mulita» de pisco tomaban entre los dos. Uno de ellos tocaba la guitarra, cantaban, despacio, los huaynos que eran preferidos; más rato, hasta lloraban, recordando sus pueblos y diciendo que eran «huérfanos» en ese pueblo tan grande, donde caminaban solitos. Calculando que ya era la hora en que llegaban los patrones, se despedían.

Y así, poco a poco, en un año, en dos años, al fin, casi todos los mayordomos de Puquio, de Coracora, de Chalhuanca, se llegaban a encontrar.

Pero en el mes de enero de 192… llegó a Puquio la noticia de que en Coracora, capital de Parinacochas, se había reunido en cabildo, todo el pueblo. Que el cura había hablado en quechua y después en castellano, y que habían acordado abrir una carretera al puerto de Chala, para llegar a Lima en cinco días, y para hacer ver a los puquianos que ellos eran más hombres. Los trabajos comenzarían en marzo.

Indios, chalos y vecinos se alborotaban en Puquio.

—¿Cuándu Coracora ganandu a común de Puquio? —decían.

—¡Jajayllas! ¡Puquios abriendo calle en cerro grande, como manteca no más!

—¡Común de Puquio es mando!

Amenazaron los comuneros de los cuatro ayllus, los varayok's y los viejos hablaron en los cabildos contra los coracoras. En Pichk'achuri, el varayok' alcalde mostró con su vara las montañas del lado de la costa, y dijo que si los pobrecitos de Coracora querían entrar en competencia con los comuneros de Puquio, los cuatro ayllus harían una tajada entre los cerros y traerían el mar hasta la orilla del pueblo.

Cada domingo, en los cabildos de los ayllus aumentaba la rabia contra los coracoras. Ya el año anterior, para asustar a los comuneros parinacochas, los puquios levantaron la plaza de mercado en dos meses. ¿Y querían ahora desafío?

—¡Estabin! ¡Estabincha! —amenazaron los ayllus.

El último domingo de abril, el ayllu grande, Pichk'achuri, comisionó a sus varayok's para que fueran a hablar con el Vicario. Querían que el Vicario dijera un sermón sobre los coracoras, que los cuatro ayllus querían abrir camino carretero a Nazca, para llegar a «la mar k'ocha» en un día, y para que las máquinas, de «extranguero», los camiones, echaran su humito y roncaran en las calles de Puquio. El Vicario aceptó, porque conocía bien a sus feligreses indios de Puquio, y sabía que si los comuneros querían, harían llegar la carretera a Puquio, antes de que los de Coracora hubieran trabajado media legua de su camino a Chala. Sin consultar con las autoridades, el Vicario decidió hablar del púlpito sobre la decisión de los comuneros. ¡Sería como soltar una bomba en la iglesia!

Los vecinos nunca se habían atrevido a pensar en la carretera de Nazca, a pesar de que ellos aprovecharían más del camino. ¡Era imposible! Trescientos kilómetros, con la Cordillera de la Costa que se levantaba como una barrera entre Nazca y Puquio. ¡Ni para soñarlo!

Todo su sermón lo dijo en quechua, el Vicario. Los indios se pusieron de pie, hasta las mujeres se pararon. En Puquio los varayok's de los cuatro ayllus tienen preferencia en la iglesia sobre los vecinos, oyen la misa desde las barandas del altar mayor. Cuando el Vicario dijo que los comuneros de Puquio podían, si así lo acordaban, hacer un socavón por dentro de las montañas hasta las arenas de la costa, los dieciséis varayok's no resistieron su alegría:

—¡Claru, taita! ¡Claru! —exclamaron.

Gritaron desde el altar mayor levantando sus varas; y dicen que los pichk'achuri lloraron.

Las autoridades y los vecinos se revolvieron, miraban como alocados, al cura, a los varayok's, a la indiada que escuchaba de pie, en silencio, y con los ojos brillantes llenando la iglesia y rebalsando hasta el atrio y hasta la plaza.

Los vecinos y las autoridades salieron de la iglesia, y gritaron en la plaza, vivaron a Puquio y a los cuatro ayllus. Los indios se quedaron un rato en la plaza, se extendieron en todo el parque, hasta machucarse contra las paredes de los extremos. Se oía aún el griterío de los principales, pero desaparecieron entre la indiada. Los dieciséis varayok's saludaron a las autoridades; hablando, entraron al jirón Bolívar; tras de ellos, salieron de la plaza, poco a poco, la indiada de los cuatro barrios, con sus mujeres y todo. Cuando los últimos indios desaparecieron tras de la esquina, la plaza quedó como apagada, y en medio, gritando como una tropita de escarabajos, todos los vecinos; sus vivas y habladurías hacían eco todavía en el atrio de la iglesia.

La indiada llenó el jirón Bolívar, a todo lo largo, y siguieron andando, tras de los varayok's, hasta el ayllu de Chaupi. Allí, en la plaza de Chaupi, hablaron en cabildo los dieciséis varayok's, y acordaron, de una vez, abrir el camino carretero a Nazca.

Por encargo del cura, los vecinos ofrecieron barretas, picos, lampas, barrenos, combas, y compraron dinamita, pólvora y mecha. Cada vecino dio dos o tres quintales de aguardiente, una o dos arrobas de coca.

Los varayok's mandaron comisionados a todos los ayllus de la provincia.

Y la última noche de junio, de todos los extremos del pueblo, llegó música de bombos, de tambores, de flautas y pinkullos. Al poco rato se elevaron al cielo decenas de cohetes de arranque, reventaron dinamitazos a la entrada de los cuatro ayllus.

Como una tropa negra de soldados, llegaron a la punta los andamarkas; entre los varayok's de Andamarka, en medio, iba el varayok alcalde de Pichk'achuri, llevando una banderita peruana amarrada a un palo grande de lambras. En fila, como movilizables, entraron al jirón Bolívar; por delante venían sus pinkulleros y la banda de tambores. A la luz de los faroles, casi en lo oscuro, marcharon serios mirando de frente. Tras de los andamarkas, los chipaus, los aukaras, los sondondos, los chakrallas, los cabanas, los larkays, los wakwas... Y al último, los puquios, con quince varayok's al mando.

En las esquinas, junto a los faroles, brillaban un poco las palas, los picos y las barretas que llevaban al hombro la mayoría de los comuneros. Bajo la herramienta, su lliklla de fiambre, en carga a la espalda.

De repente, desde Chaupi, gritaron los varayok's de Puquio:

—¡Que veva Locanas!

—¡Que veva!

—¡Que veva carritera!

—¡Que veva!

—¡Que veva bandira piruana!

—¡Que veva!

Los diez mil indios de Lucanas vivaron, desde Chaupi hasta la plaza. Con el griterío de la indiada se asustaron los zorzales y las palomas que dormían en los árboles y en los molles de los barrios; volaron a todos lados, en la oscuridad. Las niñas y los mistis se frotaron los ojos para ver; el vidrio de los andamios y de las ventanas se llenó de polvo con el andar de los indios.

Parados en el corredor del municipio, bajo la lámpara de gasolina, las autoridades y los vecinos notables se alentaban entre ellos, para levantar bien la cabeza frente a la indiada y que parecía iba a tumbar todas las casas de la plaza, si seguía entrando.

—¡Paren! ¡Paren! ¡Sayaychik!

Desde la plaza mandaron los andamarkas. Y toda la indiada se paró, donde estaba.

El varayok' alcalde de Pichk'achuri subió a la pila de cemento, frente a la puerta de la cárcel, al pie del municipio. Todos se callaron; los principales se juntaban en el corredor, pegándose a las barandas. Un poco de la luz de la lámpara alumbró la cara del varayok', pero la banderita alcanzó en lo alto, toda la fuerza de la lámpara, y parecía iluminada frente a los ojos de los señores. El varayok' alcalde habló en quechua, como diez palabras:

—Taitakuna, werak'ochakuna: Ahistá, juntos, todo, endios rukanas. Vamos abrir carritera a Nazca para veintiucho jolio. Vamos reír de coracoras. Puquio es mando. Rucana es mando. Eso no más, taitakuna.

Y antes de que el alcalde empezara a hablar, el varayok' saltó al suelo. La banda de los andamarkas empezó a tocar los pinkullos y los bombos. Y la indiada se movió para la otra esquina, al lado de K'ayau. Casi hasta medianoche desfilaron los indios. Y hasta esa hora los vecinos no pudieron bajar a la plaza.

Los diez mil comuneros se extendieron en todo el camino a Nazca. El Vicario hizo el trazo de la carretera, calculando las quebradas, rodeando los barrancos de piedra que cruzaban el camino de herradura. Los varayok's enderezaban el trazo, según su parecer, cuando el del cura no era bueno; se juntaban, y consultándose, mejoraban la ruta. Los vecinos corrían a caballo, a lo largo de los trabajos; gritaban al pasar:

—¡Taitakuna! ¡Eso sí!

Pero miraban despacio y recelosos.

Desde el fondo de la quebrada, desde las chacras y las haciendas que se extendían en toda la orilla del río grande, se veía el polvo que levantaban los comuneros, abriendo la tierra en el cerro. Desde las estancias y los caminos de la puna alta, desde las cumbres de la cordillera se veía el polvo, como una faja; entraba a las hondonadas, subía a las laderas, se perdía en las quebradas hondas de los falderíos. Y de rato en rato, desde la salida del pueblo hasta el abra de Kondorsenk'a, reventaban dinamitazos en los rocales con que el camino tropezaba. Trabajaban desde el amanecer hasta bien entrada la noche. Y de las abras, de las quebradas, de las estancias y de los pueblitos que hay en los cerros, oían el canto de los andamarkas, de los aukaras, de los chacrallas... Por la noche tocaban flauta, y cantaban por ayllus, de cien, de doscientos, de quinientos, según los pueblos. Prendían fogatas de taya, de ischu y de tantar, a la orilla del camino, junto al depósito de herramientas; cantaban tonadas de fiesta, de carnaval, de k'achua. Tomaban el aguardiente que donaron los mistis, medido, según el mandar de los varayok's. Las estrellitas brillaban tristes en el cielo, a veces las nubes resbalaban cruzando todo el horizonte de la quebrada, y como jugando, tapaban y descubrían a los luceros. La luna salía tarde, por el lado de Kondorsenk'a, y aclaraba las nubes y la quebrada. Poco a poco, mientras la luna entraba al cielo, los comuneros se callaban; se echaban sobre el suelo, junto a las fogatas, para dormir. Cuando acababa el canto de los ayllus, se oía, claro, en todos los cerros el canto de los pukupukus; y el sonido del río subía desde el fondo de la quebrada.

A los veinte días los comuneros llegaron a las lomas, sobre la costa. Desde la cima de Toromuerto, vieron Cerroblanco, el auki de las lomas; contemplaron el valle de Nazca. Como una culebra ancha, negruzca, salía de la base de los cerros, serpenteaba en el arenal, daba vueltas sobre la tierra blanca de la costa, donde la luz del sol ardía como quemando polvo blanco, polvo espeso que escondía el horizonte. ¡Ahí estaba la tierra de la fiebre! Abajo, entre el arenal sediento.

De allí regresaron los sondondos, los chakrallas, los aukaras, los andamarkas por el camino carretero, nuevecito. Regresaron componiendo, anchando el camino en los barrancos, empedrando los fangales. Sentían cariño por su «carritera», como por los duraznales que crecían en los ríos de sus pueblos, como por las torcazas que cantan en las lambras que crecen a la entrada de sus casas. En Puquio quedaron los varayok's de todos los pueblos, para esperar la entrada del camión que debía llegar para el 28, con los varayok's de los cuatro ayllus.

Los varayok's de Puquio decidieron llegar hasta el pie de las lomas. Cien indios cargarían agua para los que trabajaban en el camino. De Nazca, hasta el pie de las lomas, estaban trabajando los costeños, para dar alcance a los puquios.

* * *

El 28 de julio llegó el primer camión a Puquio. Entró con dieciséis varayok's de los ayllus. Tras del camión fueron corriendo todas las mujeres de los indios viejos y los mak'tillos. Los doscientos vecinos y chalos de Puquio gritaron en la plaza, viendo a los dieciséis varayoks' de pie, serios y tranquilos, sobre la plataforma del camión. Algunos vecinos no pudieron contenerse y lloraron viendo entrar el camión a Puquio.

—¡Que viva los varayok's! ¡Los patrones de Lucanas! —dicen que gritó don Pancho esa vez, con su sombrero en la mano, desde lo más alto de la pila grande.

—¡Que viva los papachas!

Y sus lágrimas le caían al pecho.

Los vecinos le contestaron de golpe:

—¡Que viva!

El camión avanzó hasta la puerta de la cárcel, junto a la pila. Desde lo alto, el varayok' alcalde de Pichk'achuri habló para los mistis, que rodeaban el camión.

—¡Yastá camino, taitakuna, werak'ochakuna! Aquistá camión. Ayllu cumple palabra. ¡Comunero es mando, sempre!

Y bajó con cuidado, despacio. El Vicario le dio la mano primero, después todos los principales. Los varayok's de Sondondo, Chacralla, Aukará, Andamarka, hicieron tropa con ellos.

—Iremos a dar gracias a Dios —dijo el Vicario.

Y todos fueron a la iglesia; por delante los varayok's, y siguiéndoles, los vecinos y los mestizos. Cuando iban a entrar ya a la iglesia, el varayok' alcalde de Pichk'achuri se acercó al Vicario.

—¡Taita! Vas rogar por cinco comuneros, muriendo en carritera —le dijo.

* * *

A la medianoche de ese mismo día salieron de Puquio los varayok's de los pueblos. En la casa del varayok' alcalde de Pichk'achuri, hicieron la despedida. Los arpistas Llana tocaron los huaynos de Sondondo, de Chacralla, de Andamarka, de Larkay… Bailaron en el patio, junto al molle, con las mujeres de los cuatro ayllus. Ni un misti ni un chalo entró a la despedida.

Cuando estaban cantando, el varayok' alcalde de Pichk'achuri miró el cielo; calculó bien la distancia de las estrellas.

—¡Taitakuna! ¡Hora! —dijo.

Cesó el canto; las mujeres pusieron en el patio los kipis de todos los varayok's. Y salieron a la calle, con los Llana por delante. Los varayok's de Chipao y de Sondondo empezaron a tocar sus charangos, acompañando a los Llana. Siguieron de frente, por el camino a los pueblos. Como cinco calles llenaron las mujeres. Ya saliendo del pueblo, las mujeres cantaron, alto, con su voz más delgada, el harahui de la despedida:

¡Ay, kutimunki,	*¡Ay, volverás,*
ayali ayali,	*ayali, ayali,*
ñanchallay allinlla,	*bien no más camino,*
ayali ayali!	*ayali ayali!*

En el silencio, en lo tranquilo del cielo, el canto hizo temblar el corazón de los varayok's. La voz delgadita de las mujeres pasaba como aguja por los cerros. Para terminar el canto, levantaban más alto el tono, más alto, hasta que se quebraba en la garganta. Y era peor, más triste que si hubieran llorado.

Amas para	*No lluvia*
amas para chayankichu	*no lluvia caerás*
¡ayali ayali!	*¡ayali ayali!*

Amas rinkichu	*no irás*
amas wayra rinkichu	*no irás viento*
¡ayali ayali!	*¡ayali ayali!*

En el riachuelo, en Yallpu, se quedaron las mujeres, con los arpistas. Todos los varayok's empezaron a subir el cerro. Desde el riachuelo, con la luz triste de los luceros, los varayok's se veían como en sueños, avanzando despacio por el camino. De rato en rato, cantaban las mujeres.

Estuvieron cantando hasta el amanecer, junto con los gallos del pueblo. Cuando los varayok's fueron acercándose al abra, la voz de las mujeres llegaba desde el canto del pueblo, más triste todavía; como si todas las mujeres de los ayllus se hubieran perdido en la oscuridad y estuvieran llamando. Con la luz de la aurora se callaron.

En la cumbre, a esa hora, los varayok's chakcharon su coca; bautizando la tierra, cada uno con su fiambre de cañazo, se convidaron por última vez en esa faena.

Poco a poco, fue apareciendo en la falda del Sillanayok' el camino nuevo; y el pueblo, los ayllus, Pichk'achuri, Chaupi, K'ollana; K'ayau estaba tras de la falda del Tok'to y no se veía todo. En medio, más ancho y derecho, cortando en dos al pueblo, el jirón Bolívar con sus casas de calamina; y en el extremo de la calle misti, grande y silencio, vacío, como un claro del pueblo, la plaza de armas.

Se levantaron todos los varayok's, y se despidieron. Los varayok's de los pueblos salpicaron un poco de aguardiente sobre el aire del pueblo grande, de la capital de los rucanas, y voltearon el abra.

Los periódicos de Lima hablaron de la carretera Nazca-Puquio. ¡Trescientos kilómetros en veintiocho días! Por iniciativa popular, sin apoyo del Gobierno.

Y desde entonces empezaron todos los pueblos. En el norte, en el centro, en el sur, hasta en la selva se reunían en las plazas de los pueblos, en cabildo grande; pasaban telegramas al Gobierno, y comenzaban el trabajo por su cuenta. Cualquiera hacía el trazo de la carretera a la costa, calculando los cerros y las quebrada. Al fin, el Gobierno se acordaba de algunos pueblos, mandaba ingenieros, dinero y herramientas. Entonces los hacendados se peleaban porque las carreteras pasaran por sus fincas. Y las carreteras que los ingenieros trazaban, casi siempre daban vueltas, entraban a las quebradas, rompiendo las peñas y roquedales, en meses de meses, a veces en años, porque el camino entrara a las haciendas de los principales. La gente de los pueblos empezó a perder confianza y el entusiasmo por las carreteras. Desde entonces, la construcción de los caminos fue negocio. Y la gente del pueblo trabajó a jornal, o por obligación. Los tenientes gobernadores, los subprefectos, los guardias civiles, todas las autoridades, empezaron a arrear a los indios, a verga y bala para que trabajaran en las carreteras.

Mientras tanto, los camiones llegaban uno tras otro a Puquio, por el camino de los ayllus. Cuando entraban al pueblo, los escoleros y los mak'tillos seguían en poblada a los camiones; la gente salía a la puerta de sus casas; en la plaza se juntaban los vecinos y los chalos, y preguntaban a los choferes por el camino.

—¡Es camino para cabras! —decían. Pero llegaban por ese camino.

Los camiones sufrían en las cuestas de Tambora, de Toromuerto; subían bramando, echando agua por el radiador; el motor roncaba y parecía que la máquina iba a rajarse. Pero vencían las cuestas. Y cuando llegaban a la puna, aceleraban. Las vicuñas y las llamas corrían a ocultarse en las hondonadas; desde lejos, los estancieros de la puna miraban miedosos. Bajo el aguacero, mientras la granizada sonaba en las cumbres y los rayos caían junto a la carretera, los camiones avanzaban en la puna.

Los de Coracora dejaron su camino a Chala y empezaron a abrir su carretera a Puquio.

—¡Yastá! ¡Ahora sí perdonar, perduncha! —dijeron los comuneros, en los cuatro ayllus de Puquio.

* * *

Y por esa carretera llegaron a Lima los dos mil lucaninos, y los coracoreños. Al mismo tiempo, por todos los caminos nuevos, bajaron a la capital los serranos del norte, del sur y del centro.

La universidad, las escuelas de toda clase, los ministerios, las casas comerciales, las fábricas, todas las empresas, se llenaron de serranos.

Después de seiscientos años, acaso de mil años, otra vez la gente de los Andes bajaba en multitud a la costa. Mientras los gobiernos abrían avenidas de cuatro pistas de asfalto, y hacían levantar edificios «americanos», mientras los periódicos y las revistas publicaban versos bonitos a la europea, y los señores asistían con tongo y levita a las invitaciones del Gobierno, de las embajadas y de los clubes; los serranos, indios, medio mistis y chalos bajaban de la altura, con sus charangos, sus bandurrias, sus kirkinchos y su castellano indio; compraban o se apoderaban de algunas tierras próximas a la ciudad. En canchones, en ramadas y en casas de adobe, sin fachada y sin agua, se quedaban a vivir.

Como en los pueblos de la sierra, traían el agua desde lejos, de dos o tres pilas que mandaban instalar en cada barrio. Y en sus casas, en sus ramadas defendidas por cercos de adobe, alumbradas por lamparitas de kerosene, como en Puquio, en Aucará, en Chalhuanca, o en Masma y Huancavelica, los serranos hacían sus fiestas, con huayno y bandurria, con arpa y quenas. En las fiestas grandes, 28 de julio, Carnavales y Año Nuevo, alquilaban los jardines particulares que hay en barrios nuevos, alquilaban orquestas de jazz; y de cien, de doscientos, llenaban los rings de baile de esos jardines; bailaban como chambones el jazz, el tango, la rumba. Al final, hacían callar la orquesta, y con arpa, guitarra, bandurria y canto, prendía la fiesta de ellos; y hasta las avenidas, donde cruzaban los autos de lujo, llegaba el huayno, la voz del charango y de las quenas. El canto de la sierra, en quechua o en castellano, el alma de las quebradas, de la puna y de los ríos, de los montes de retama, de kiswar y de k'eñwa.

Los señores también siguieron a los chalos y medio mistis. Desenterraron su plata de los cerros o del cimiento de sus casas, o la sacaron de los bancos. Escogieron los terrenos de las avenidas, y frente a los palacios de los ricos, junto a las embajadas y a la residencia de los hacendados de la costa, levantaron sus casas. Así como ellos, con jardín, con garaje, con baños de lujo; y hasta compraron perros extranjeros para exhibirlos en el jardín.

Y Lima creció en diez años, en veinte años, se extendió a las haciendas de los alrededores. Las chacras de cebolla, de lechugas, de algodón y de vid, se convirtieron en urbanizaciones; en barrios pobres y oscuros y sucios, llenos de gente, criaturas, de vendedores ambulantes y de tiendas de japoneses y chinos; o en barrios de lujo, silenciosos, limpios, tranquilos, donde mostraban su fachada europea, de distancia en distancia, grandes residencias, techadas de teja, cubiertas de enredaderas, y rodeadas de parques extensos donde no se veía a nadie; barrios con calles anchas, sombreadas por árboles.

Los cholos y los pocos indios lucanas que llegaron primero, esos que los principales trajeron de regalo a sus amistades de Lima, recibieron a los que llegaron después, por la carretera. Los llevaron a los barrios pobres, a Azcona, a Chacra Colorada, a La

Victoria; les mostraron las fábricas y las empresas; las obras nuevas, para que fueran a pedir trabajo. Y sin que nadie lo organizara, la entrada de los puquios, como la de todos los serranos, se hizo en orden: los chalos ayudaron a los chalos, los llevaron primero a sus casas, mientras encontraban trabajo; los medio mistis ayudaron a los de su clase; los mistis a los mistis, mostrándoles las avenidas donde debían levantar su casa, presentándoles a sus amigos, relacionándolos con la «sociedad». Los estudiantes también se ayudaron con el mismo orden, según el dinero de sus padres; los pobres buscaron cuartitos, cerca de la Universidad o de la Escuela de Ingenieros, se acomodaron en los cuartos para sirvientes, en las azoteas, bajo las escaleras, o en las casas señoriales antiguas, que ahora que están a punto de caerse, son casas de alquiler para obreros y para gente pobre.

Pero al barrio de Azcona fueron a vivir la mayoría de los puquianos pobres, hijos de medio mistis, de principales arruinados, o de chalos legítimos que fueron a buscar suerte en la capital. Allí llegaron también algunos estudiantes de Puquio y de los distritos. De allí, de Azcona, salió el «Centro Unión Lucanas». Primero fue un club deportivo; le llamaron «Lucanas»; pero el capitán del equipo de fútbol era un negro limeño. Ya entonces, cuando todos los barrios limeños y los centros de estudio se llenaron de los serranos, se había extinguido entre la gente del pueblo el desprecio a los cholos. La invasión que bajó de todas las provincias andinas, fue imponiendo el respeto a la gente de la sierra. El negro limeño, capitán del equipo de los lucanas, se presentaba en la cancha, al frente de sus jugadores cholos y medio mistis, orgulloso y alegre. Y el club «Lucanas» fue campeón de barrio muchas veces.

Cuando los animadores del club «Lucanas» quisieron convertir su club en un Centro Cultural Deportivo que fuera la organización de todos los hijos de la provincia residentes en Lima, ya había más de doscientas instituciones provinciales serranas en la capital. El Centro sesionó por última vez en el local de siempre, en el cuarto del sastre Gutiérrez, bajo la presidencia del estudiante Escobar. Como en Puquio, dos velas de a real alumbraban el cuarto desde una repisita. Esa noche asistieron más de cuarenta socios, y apenas cabían en el local.

—Comprovincianos —dijo el presidente—. Los hijos de Chalhuanca, los de Caraz, los de Jauja, los de Huamachuco… tienen ya su Centro Cultural Deportivo. Hay cientos de organizaciones provinciales andinas en Lima. Estos centros defienden los intereses de sus provincias; a las comunidades contra los abusos de los terratenientes, de las autoridades y de los curas. Y están levantando el nivel cultural de sus asociados, organizando conferencias, veladas, bibliotecas, y hasta editando revistas. Estos centros también avivan el recuerdo del terruño, tienen sus orquestas típicas, sus fiestas al modo de sus pueblos. Nosotros somos ya más de mil lucaninos en Lima, y estamos dormidos. Mientras tanto, los politiqueros y los gamonales siguen explotando a los comuneros, como hace doscientos años, a cepo y fuete. Nosotros que ya tenemos los ojos abiertos y la conciencia libre, no debemos permitir que desuellen impunemente a nuestros hermanos. ¡Pongo al voto la organización del «Centro Unión Lucanas»!

En toda la calle se oyó el aplauso con que los lucaninos aprobaron la creación del Centro. Después del presidente hablaron como diez más. El conductor de ómnibus Rodríguez, ex comunero de Chacralla, empezó a hablar en castellano, y como no pudo, siguió en quechua:

—¡Hermanos! Los indios, nosotros, sabemos defendernos del viento, de la lluvia, del rayo, de las tormentas que a veces se levantan en la tierra; pero el último mocoso de la familia de los principales puede escupirnos en la cara. El otro año no más, don Jovenal Arenas le ha echado cerco al manantial que sirve para que tome agua el pueblo. Hasta cuándo será estos abusos. ¿De quién es el agua? Todos los años, en diciembre, el cura con todo el pueblo en procesión, bendecía esa agua de Chacralla. Y «es de mí», diciendo, le ha echado cerco el gamonal. ¡No será! Para eso hay gente de Chacralla en Lima. Así es. Nosotros seremos el respeto.

A los diez días de esta sesión, el «Centro Unión Lucanas» celebró su primera asamblea pública, con doscientos socios. El estudiante Escobar fue elegido presidente; el estudiante Tincopa, secretario; el chofer Martínez, fiscal; el sastre Gutiérrez, tesorero; el conductor Rodríguez, los obreros Vargas y Córdova, y los empleados Guzmán, Valle, Altamirano y Gallegos, vocales.

Algunos periódicos de Lima, en la sección «Instituciones», dieron la noticia de que los hijos de la provincia de Lucanas residentes en Lima habían organizado un centro cultural deportivo.

Los principales puquianos establecidos en Lima leyeron con desprecio el suelto y la lista de los que formaban la directiva.

—Hasta aquí han de meter bulla esos cholos.

—¡Ese Escobarcha! Ya estará pensando en la diputación.

—¡Y ese indio Martínez! ¡Qué vergüenza!

—Todos son unos muertos de hambre que han venido aquí a dar pena.

Y mientras los vecinos principales y sus familias insultaban el Centro, los otros vecinos que leyeron la noticia fueron a inscribirse y a pagar su cuota de ingreso; mayordomos, sirvientes, carpinteros, conductores de ómnibus, jardineros, choferes, obreros y hasta algunos empleados y estudiantes de los otros clubes provinciales.

En los primeros días de julio de 193…, al día siguiente de haberse celebrado en Puquio el gran cabildo de mistis para discutir la circular del Director de Gobierno, el presidente del «Centro Union Lucanas» recibió un telegrama del Alcalde de Puquio.

«Ruego a usted contratar torero para corrida 28 por cuenta de este Concejo. Detalles carta».

El Director de Gobierno recibió al mismo tiempo el telegrama de los vecinos notables, agradeciéndole por la supresión de las corridas sin diestros en toda la República.

El estudiante Escobar no podía comprender que los principales de Puquio se quedaran sin corrida india. Esperaban todo el año el 28 de julio para subir a los balcones de los Cabreras, y contener la respiración para ver al K'encho, al «Honrao» Rojas, arrastrando a los indios borrachos contra los toros bravos de la puna grande. Don Antenor, don Lucio, don Pancho, don Jesús, don Julián… habían crecido en ese derecho. ¿Cómo pedían torero ahora?

—¿El Gobierno?

En el Ministerio de Gobierno le informaron que se habían prohibido las corridas sin diestros, porque en todos los pueblos de la sierra las corridas del 28 eran verdaderas matanzas de indios. También le dijeron que los vecinos notables de Puquio habían enviado un telegrama de felicitación y de gratitud por esa orden de prohibición.

El estudiante Escobar estaba ahora completamente seguro.

—¡El Centro garantizará la circular del Director de Gobierno! ¡El Centro irá a Puquio! ¡Nunca más morirán indios en la plaza de Pichk'achuri para el placer de esos chanchos! Este telegrama del Alcalde es una adulación. Pero esta vez están fregados, tenemos al gobierno de nuestra parte. ¡Algún día!

Citó a la directiva del Centro, para esa noche, en su habitación, calle Loreto, frente al basural de la plaza de mercado del barrio.

Fueron, el estudiante Tincopa, el chofer Martínez, el empleado Guzmán, el conductor Rodríguez y los obreros Vargas y Córdova. Tres se sentaron sobre el catrecito de madera del estudiante y los demás sobre cajones. Una fotografía de Mariátegui, clavada en la pared cabecera, dominaba la habitación. Bajo el retrato, de una percha, colgaba una guitarra; una cinta peruana en rosón adornaba el clavijero de la guitarra.

Escobar informó minuciosamente sobre sus gestiones y sobre las noticias que pudo conseguir acerca de la prohibición de las corridas sin diestros.

—¡Están fregados! —dijo Martínez—. Ya no hay salida. Y estos imbéciles nos encomiendan la contrata del torero. Iremos todos en mi carcocha, torero incluido.

—¡Será un triunfo del Centro! —el «Obispo» Guzmán dio un salto y se paró en medio del cuarto. Su cuerpo redondo se interpuso entre los que estaban sentados en la cama y los demás.

—Pero haz campo, monseñor, tenemos que vernos las caras para hablar.

Guzmán retrocedió hasta el pie del retrato de Mariátegui. La luz del foco caía de lleno sobre su cara. La gordura enorme había hecho casi desaparecer las cicatrices de la viruela, su barba corta, sin afeitar, sombreaba su rostro, y Guzmán, el «Obispo», parecía un morochuco bandido.

—¡Esta vez nos haremos respetar! Ellos mismos han puesto el cuchillo en nuestras manos. ¡Es un milagro, compañeros! Yo voy a fregar. Aunque sea de guardia civil me visto y tomo el fusil contra cualquier gamonalcito. Somos en este instante las fuerzas del orden.

—¡Usted lo ha dicho, monseñor!

—¡Qué monseñor! Me haré crecer más la barba y pareceré un Anticristo.

Acordaron hablar con el Director de Gobierno, contratar al torero y viajar a Puquio, todos.

Cuando terminó la sesión, Escobar se levantó de su asiento y se dirigió junto al retrato de Mariátegui, empezó a hablarle, como si el cuadro fuera otro de los socios del «Centro Unión Lucanas».

—Te gustará werak'ocha lo que vamos a hacer. No has hablado por gusto, nosotros vamos a cumplir lo que has dicho. No tengas cuidado, taita: nosotros no vamos a morir antes de haber visto la justicia que has pedido. Aquí está Rodríguez, comunero de Chacralla, aquí estamos los chalos Córdova, Vargas, Martínez, Escobarcha; estamos en Lima; hemos venido a saber desde dónde apoyan a los gamonales, a los terratenientes; hemos venido a medir su fuerza. Por el camino de los ayllus hemos llegado. ¡Si hubieras visto esa faena, taita! Capaz hubieran sanado tus piernas y tu sangre. ¡Si hubieras conocido Puquio! Pero nuestro «Obispo» te va a tocar un huayno lucana y nosotros vamos a cantar para ti, como juramento. ¡Ya, monseñor!

El «Obispo» bajó la guitarra, los siete se reunieron al pie del retrato, y cantaron en quechua:

Tullutakapis inti rupachkan	*En la pampa de Tullutaka*
	el sol está ardiendo,
Tullutakapis runa wañuchkan	*en la pampa de Tullutaka*
	están muriendo,
¡ama wak'aychu hermano,	*¡no llores hermano,*
ama llakiychu!	*no tengas pena!*
Galeras pampapis chikchi	*En la pampa de Galeras está*
chayachkan,	*cayendo la nieve,*
Galeras pampapis runa	*en la pampa de Galeras está*
saykuchkan;	*cansándose el corazón;*
¡ama wak'aychu hermano	*¡no llores hermano,*
ama llakiychu!	*no tengas pena!*

Llapa runas manchari-
llachkan
wañu wañuy chayayka-
muptin,
¡ama wak'aychu hermano
ama llakiychu!

Dicen que
toda la gente tiene miedo,
porque el morir está llegando.

¡pero no llores hermano,
no tengas pena!

Y mientras los mestizos de Lima estaban cantando, en el ayllu de K'ayau los varayok's animaban a los indios para subir a la puna a traer al Misitu. En todas las calles del barrio hablaban los varayok's amenazando a los pichk'achuris, amenazando al Misitu, presintiendo y preparando el yawar fiesta.

—¡K'ayau premero será! ¡Cuánto viuda será quedando vintiuchu!

VIII
El Misitu

El Misitu vivía en los k'eñwales de las alturas, en las grandes punas de K'oñani. Los k'oñanis decían que había salido de Torkok'ocha, que no tenía padre ni madre. Que una noche, cuando todos los ancianos de la puna era aún huahuas, había caído tormenta sobre la laguna; que todos los rayos habían golpeado el agua, que desde lejos todavía corrían, alumbrando el aire, y se clavaban sobre las islas de Torkok'ocha; que el agua de la laguna había hervido alto, hasta hacer desaparecer las islas chicas; y que el sonido de la lluvia había llegado a todas las estancias de K'oñani. Y que al amanecer, con la luz de la aurora, cuando estaba calmando la tormenta, cuando las nubes se estaban yendo del cielo de Torkok'ocha e iban poniéndose blancas con la luz del amanecer, ese rato, dicen, se hizo remolino en el centro del lago junto a la isla grande, y que de en medio del remolino apareció el Misitu, bramando y sacudiendo su cabeza. Que todos los patos de las islas volaron en tropa, haciendo bulla con sus alas, y se fueron lejos, tras de los cerros nevados. Moviendo toda el agua nadó el Misitu hasta la orilla. Y cuando estaba apareciendo el sol, dicen, corría en la puna, buscando los k'eñwales de Negromayo, donde hizo su querencia.

Todos los punarunas contaban esta historia, desde Puquio hasta Larkay, desde Larkay hasta Querobamba, en toda la provincia de los lucanas. Y hasta Pampacangallo, a Coracora, a Andahuaylas, hasta Chalhuanca llegó la fama del Misitu.

Los k'oñanis decían que corneaba a su sombra, que rompía los k'eñwales, que araba la tierra con sus cuernos, y que el Negromayo corría turbio cuando el Misitu bajaba a tomar agua. Que de día rabiaba mirando al sol, y que en las noches corría leguas de leguas persiguiendo a la luna; que trepaba a las cumbres más altas, y que habían encontrado sus rastros en las faldas del K'arwarasu, en el sitio donde toda la noche había arañado la nieve para llegar a la cumbre.

¿Quién, pues, iba a atreverse a entrar a los k'eñwales de Negromayo? Se persignaban los comuneros cuando pasaban cerca, y se paraban de rato en rato para oír si el Misitu bramaba.

Los comuneros de K'oñani asustaban a los viajeros que pasaban por las estancias.

—Vas cuidar taita. ¡Misitu como tigre es! Silencio andarás.

Y cuando don Julián Arangüena mandó comisionados por el Misitu, los punarunas se juntaron para hablar con los mayordomos.

—¡Ama taitallaya! ¡Vas morir! —les dijeron—. Nu entrandu, patrón. Seguro ahí quedarás. Negromayo tu sangre llevará. Chascha comerá tu tripa.

Pero algunos chalos tomaban valor, alistaban sus caballos, se vaciaban media botella de cañazo cada uno, montaban apurados, y partían a carrera, por el camino de los k'eñwales. Entonces los punarunas salían en tropa hasta el camino; tocaban fuerte los wakawak'ras, las tinyas y las flautas; las mujeres cantaban llorando el ayataki; como si los comisionados estuvieran yendo a la muerte, como si se hubieran alocado y corrieran ciegos a tirarse al barranco.

—¡Ay taitallaya! ¡Ay taitallaya!

En el campo abierto, en la puna grande, el canto y la voz de los wakawak'ras llegaban lejos. Y cuando estaban bajando a la quebrada, les entraba la desesperación a los comisionados, volteaban de repente, espueleaban con furia a los caballos, y se regresaban al galope.

—¡Maldición! —exclamaban—. ¡Indios animales! ¡Con esa música el corazón no aguanta! Esta quebrada e'mierda, estos k'eñwales deben estar maldecidos.

Y se regresaban echando ajos; tomaban cañazo a boca llena.

Ya para bajar al pueblo se arrepentían.

¿Y qué le diremos ahora a don Julián? ¿Que somos unos maricones? ¿Que hemos orinao de miedo con el canto de las indias?

—¡Es una vaina, hermano! Pero esa quebrada donde vive el

toro, da miedo. No sé por qué, pero resondra, y no aguanta el ánimo.

—Sí, hombre, valgan verdades. Yo creo don Julián también asustaría.

Pero don Julián se decidió a encabezar la cabalgata.

—Ustedes son como mujeres, wak'ates. Lloran con los cuentos que los indios inventan para asustar a las criaturas. ¡Pura cojudez! ¡Ahora verán conmigo! Y si el torito no quiere salir del monte, le meto un plomo en el cuerpo. Este año, los limeños comerán churrasco de la carne del Misitu.

Subieron doce montados a K'oñani. Don Julián en su overo, el caballo más valiente de la quebrada.

Cuando los indios de K'oñani vieron llegar a don Julián, con doce montados detrás, presintieron que había subido por el Misitu. ¡Ahora sí! ¡Capaz lo arrearían! Don Julián era decidido; era más rabioso que todos los chalos y mayordomos que recorrían las estancias; sus concertados y los comuneros de Puquio decían que ni a Taitacha del cielo le temía; que hasta al cura le había resondrado, y que un día de fiesta, borracho, había oído misa a caballo, desde la puerta grande de la iglesia.

Los k'oñanis comisionaron a un vaquero. Y cuando don Julián estaba entrando a su estancia, el vaquero salió para Negromayo con su wakawak'ra y con su fiambre de coca y cañazo.

Don Julián llegó a K'oñani casi anocheciendo, y decidió levantarse en la madrugada, para ir por el Misitu. Pero esa noche, desde que oscureció bien, hasta cerca del amanecer, se oyó un grito triste, que llegaba como desde el centro del cielo. No se oía claro, no se entendía nada. Pero era un canto extraño, a veces como de hombre, grueso y lento, a ratos delgadito y más triste, como de criatura. Los doce peones durmieron en el corredor de la casa-estancia. Y cuando estaban escuchando en silencio, llegó, arrastrándose, uno de los vaqueros de don Julián.

—Taitakuna —les dijo—, ¿están oyendo? Alma de Misitu está andando en los cerros. Está llorando por la sangre de comisionados que va matar. ¡Quién será pues taita! ¡Cuántu será!

Y se fue, corriendo, como si a él le hubiera entrado el miedo de morirse.

Don Julián no oía, desde el cuarto bien cerrado, y se durmió rápido. Pero los mayordomos estuvieron consultándose, despacio. Cada hora, como midiendo el tiempo, llegaba el grito.

Era el vaquero que había ido a avisar al Misitu. Sentado sobre una piedra, cantaba fuerte, casi sin hablar.

—¡Aaay! Waaay! ¡Ripuuy!

Se trasladaba lejos, al otro extremo del pajonal; cantaba desde allí con otra voz. Y tocaba el wakawak'ra, calculando, en el lloro grueso; largo, sin variaciones, soplaba en un solo tono, todo lo que su fuerza podía. En la puna brava, el viento llevaba la voz del wakawak'ra, cumbre tras cumbre, aumentándola y apagándola, según el campo y las fuerzas del aire.

En la madrugada, cuando don Julián abrió la puerta de la chuklla, los doce mayordomos estaban durmiendo.

—¡Ya, ya, carajo! ¡Arriba, maulas! ¡Estos posmas duermen como chanchos! ¡Vamos, vamos, por los caballos!

Se levantaron asustados, y corrieron a traer las bestias. Los k'oñanis ya estaban reunidos en el canchón de la estancia. Don Julián los resondró en quechua:

—¡Carajo, indios! ¡Conmigo no hay pendejadas! ¡Aquí van esperar hasta que traiga amarrado al Misitu! Y nada de wakawak'ras, ni tinya, ni lloriqueo. Yo no soy ningún chalo mayordomito maricón. ¡Yo soy el patrón, carajo; y a mí no me asustan con musiquitas de mierda! ¡Como ganado, carajo, van a esperar aquí, hasta que regrese! Y al primero que se salga le rompo la crisma. ¡Así, carajo!

Sacó su revólver y clavó un tiro a la pared del corral. La bala alumbró el canchón e hizo chispas sobre la piedra del cerco.

—¡Ahí no más, guanacos!

Montó en su overo, y seguido de sus mayordomos se perdió en la pampa; mientras, el cielo clareaba con la luz de la madrugada.

Bajó a galope al fondo de la quebrada de Negromayo. Los árboles de k'eñwa negreaban a la orilla del río; el ischu alto, el waylla, alcanzaba hasta las ramas de los k'eñwales; los caballos saltaban las matas del waylla, y se iban acercando, rápido, junto al río.

El overo chapoteó en el agua y pasó el río a saltos, corrió entre los k'eñwales; aparecía y desaparecía tras de cada árbol. En un claro del monte, don Julián paró el caballo, se puso dos dedos de su mano izquierda en la boca, y silbó fuerte. Sus mayordomos le rodearon. El silbido rebotó en las peñas y en los cerros, largo rato. Los chalos miraron callados al patrón. El viento sacudía las ramas de los k'eñwales y hacía agachar las matas grandes del waylla; silbaba feo entre el monte y soplando la paja de las laderas.

—Esperemos un rato. Si es bravo como dicen, vendrá aquí: o le echamos lazo, o le planto un tiro.

Estuvieron escuchando un buen rato. Cuando se movía el k'eñwal, o cuando salía volando algún pajarito del monte, y hacía ruido, los doce chalos jalaban las riendas y cuadraban los caballos, como para correr.

Desde lejos, como desde el principio de la quebrada, llegó por el monte, un canto grueso, duró un rato, y se apagó poco a poco, como retirándose por dentro de las ramas del k'eñwal. Los chalos no quisieron mirarse, y esperaron.

—Don Julián, capaz el toro se ha ido a otro k'eñwal; por todos estos echaderos anda de noche —habló el Fermín.

—¡Qué mariconadas! A ustedes se les levanta el indio diez veces por día. En el fondo son puro indios, y se les agua la sangre cada vez que hay que meter el cuerpo al peligro. ¿Dónde está el Misitu? Hace años que a esta quebradita no entra un alma, por miedo a ese toro…

Cuando estaba hablando, se remeció el monte junto al río, sonó el agua; y como si estuvieran jalando la copa de los k'eñwales, se oyeron romperse las ramas de los árboles. Desde arriba gritó el vaquero, como diablo:

—¡Curriychik cristianos! ¡Curriychik!

Apareció la cabeza del Misitu; el toro miró a los jinetes, y de un salto entró al claro del monte. Los doce chalos apretaron las espuelas, soltaron todas las riendas, partieron, como locos, a la ladera. Don Julián cuadró a su overo.

—¡Mierdas! ¡Ya verán, k'anras! —gritó.

Alistó su lazo, hizo a un lado a su caballo, para esperar en buen sitio. El Misitu corrió de frente, latigueando el rabo, con la cabeza alta y el cogote ancho, levantando por encima de las astas. El overo temblaba en su sitio, orejeando, golpeando el suelo con sus patas traseras.

Cuando el Misitu estaba ahí ya, como para clavar su cuerno en el pecho del caballo, don Julián tiró el lazo e hizo saltar al overo. Sobre la carrera, ajustó el lazo a la cabestrera y metió la espuela con furia. El lazo hizo resistencia un instante y zafó:

—¡Yo más, soy un güevón! ¡Carajo!

Iba a voltear de nuevo para dar cara al Misitu, pero vio a sus concertados venciendo ya la cumbre; sacó su revólver, disparó al bulto, sobre los chalos. Hincó más fuerte las espuelas, saltó al río y salió del monte, como por encima del aire. Miró atrás, para ver al Misitu. Seguía persiguiéndole de cerca; su lomo parecía mecerse; se le veía como si fuese un toro del alto de una iglesia, porque se levantaba sobre el aire para saltar las matas del waylla.

—¡Es mi toro, carajo! ¡Es de mí!

Y le dio orgullo. Iba a matarlo, pero siguió disparando al cielo, de rabia, como de alegría. Y empezó a recoger el lazo.

—¡A esos k'anras mayordomos los voy a matar! ¡Más bien! —dijo.

El Misitu se paró casi al filo de la quebrada, miró la pampa, donde el overo seguía corriendo; se cuadró un rato, como acomodándose para voltear. Y regresó a su querencia, caminando al trote, sofocado, botando espuma.

Don Julián persiguió a los chalos en la pampa.

—¡Paren, carajo! ¡Paren, k'anras!

Gritaba, con su revólver en la mano.

Ya cerca de la estancia, frenó el mayordomo grande, el Fermín. Pero los otros siguieron, volteando hacia el camino a Puquio.

Cuando ya estaba cerca, con su última bala, don Julián tumbó el caballo del Fermín.

—¡No te mato, k'anra, porque soy cristiano! —le dijo.

Pero era porque ya no podía tan fácil en estos tiempos.

—¡Pierdón, papay! Con el diablo no se puede. Más bien he rogado a Dios por ti, don Jolián. ¡Caray, te hubiera matado! ¡Yastá pues rabia! ¡Pobre caballito! ¡Pubrichalla! ¡Caballito!

Lo dejó lloriqueando, junto al caballo muerto. Y siguió a la estancia. Soltó a sus indios; hizo descansar un rato al overo. Y tomó, al paso, el camino de Puquio.

Anocheciendo llegó al pueblo.

En el billar, ante el silencio de los otros principales, contó lo que le había sucedido con el Misitu.

—¡Valgan verdades! Creo que tiré el lazo cerrando los ojos. El toro no debe ser grande, pero cuando corre parece un templo. ¡Qué torazo!

Y se emborrachó, como en un día de fiesta.

—¡Misitu! ¡No hay hombre para el Misitu! ¡Hasta las piedras le tiemblan, carajo ! ¡Es de mí! ¡Es mi toro!

Gritaba, mostrando el pecho, como desafiando.

Pero el Misitu no era de K'oñani, no era, por eso, del vaquerío de don Julián. Llegó a las punas de K'oñani ya toro, escapando de otra estancia; quien sabe de Wanakupampa, de Osk'onta, o de más lejos. Apareció de repente en los k'eñwales de Negromayo. Y desde entonces los punarunas no se acercaron a la quebradita del Negromayo, por el lado de K'oñani. El Misitu no consentía que entrara ningún animal a su querencia.

Y cada vez, año tras año, en la soledad del monte, fue poniéndose más bravo. A veces salía, en octubre y noviembre, a buscar mejor pasto; andaba por las cercanías de Negromayo, y buscaba el k'eñwal, atardeciendo.

Los punarunas llevaron su fama a todos los pueblos. Y ya lejos, en los pueblos del interior, por Sondondo, Chacralla, Andamarka, hablaban del Misitu, como si fuera auki. Los k'oñanis le temían. Hicieron creer, a todos los comuneros del alto, que había salido de Torkok'ocha, que en las noches su lengua ardía como fuego; y sólo algunos vaqueros se acercaban hasta el canto de la quebrada para verlo.

Pero cuando don Julián llegó a la estancia, para arrear el Misitu a Puquio, los k'oñanis se desesperaron. Mandaron al vaquero Kokchi para que le avisara al Misitu, porque decían que el Kokchi era layk'a y se hacía entender con los animales. Y en la madrugada, cuando el patrón estaba durmiendo todavía se reunieron para rogarle que vendiera el Misitu a los k'oñanis. Pero don Julián se despertó rabioso, y resondró a los comuneros en el canchón de la estancia; hizo reventar su revólver para mandar silencio. Y los k'oñanis se acobardaron.

Cuando salió en busca del Misitu, con sus doce chalos, los k'oñanis se sentaron en el suelo. Los viejos miraban el cielo calculando la hora. Todos disimulaban y se miraban a ratos. Querían salir y correr en la pampa para atajar al misti, saltar en tropa a la quebrada. Porque sabían que don Julián disparaba no más su bala. Y seguro tumbaría al Misitu. Pero no se movieron. Todos abrieron sus piskas de coca y chakcharon en calma.

Cuando oyeron el tiro que don Julián disparó sobre el caballo de Fermín, se levantaron de un salto. Oyeron el galope del overo en la pampa. Bañado en sudor, temblando de furia, el overo entró al canchón.

Don Julián tenía los ojos brillando todavía de rabia; pero estaba derecho sobre la montura, con la cabeza levantada, como cuando paraba el overo en la esquina de la plaza de Puquio, para mirar desde alto, y despreciando, a los otros mistis.

—Misitu ha palabrao con patrón. Ahí va quedar, en Negromayo. K'oñanis van cuidar, siempre —dijo.

—¡Gracias, werak'ocha!

—¡Gracias, papituy!

Los viejos se acercaron al overo y besaron los estribos de don Julián.

Don Julián se bajó con cuidado del overo; colgó las riendas en la cabestrera, y se sentó un rato en el poyo de la casa-estancia Los k'oñanis no tenían valor para hablar fuerte; se miraban alegres, todos al pie del cerco, esperando, rogando que el patrón montara en su overo, y saliera de la estancia.

Don Julián ajustó él mismo la cincha del caballo, montó de golpe, y dio vuelta al overo.

—¡Hasta la vista, taitakuna!

—¡Allinlla werak'ocha!

El overo salió del patio, zapateando, como cuando corría en el jirón de los mistis. Tras del caballo, los k'oñanis entraron al callejón, mientras don Julián cruzaba el pajonal. Lo vieron irse, todos, sin moverse. Cuando bajó a la hondonada, por el camino a Puquio, corrieron, como locos, a dar alcance al Fermín.

El Kokchi llegó al canchón de la estancia, y encontró a los k'oñanis abrazándose, borrachos ya, llorando en el suelo. Ya no sabían ni tocar el pinkullo ni levantar los wakawak'ras. De rato en rato, hablaban ronco, atorándose.

—¡Misitu carago! ¡K'ari! ¡Nu'hay carago!

—¡Don Jolián, pierro carago! ¡Mojir carago, para Misitu!

—¡Ay Misituy Misitu! ¡Jatun dueño!

El Fermín estaba tirado en medio del canchón; en las manos tenía todavía la sangre de su caballo. Mientras, los perros de las estancias se alborotaban para comerse el caballo del mayordomo; los más grandes estaban empezando ya, lamiendo la sangre de la herida.

La nieve de las cumbres reverberaba con el sol; la luz del mediodía brillaba en las lagunas, sobre las piedras lisas de los rocales, en la flor y en las espinas de los sok'ompuros que crecen entre los pajonales.

* * *

Los k'oñanis se rieron cuando llegó la noticia de que el patrón había regalado el Misitu al ayllu K'ayau. Siempre habían hecho asustar a los indios de Puquio con el Misitu; los comuneros de los cuatro ayllus pasaban santiguándose junto al Negromayo. ¿Acaso ahora entrarían a los k'eñwales? ¿Quién entraría?

—¡Jajayllas! ¡Sobi no más!

Ni don Julián había podido; el overo también había espantado frente al Misitu; cuando llegó a la estancia, sus piernas estaban temblando todavía. ¿Cómo K'ayau quería? Los k'oñanis tenían pena por los comuneros. Y cuando regresaban miedosos los k'oñanis que bajaban al pueblo, los otros se reían.

—¡Atatao! ¡Nu engañoso! —decían.

Pero los que bajaban a Puquio dudaban. Entraban al ayllu K'ayau, y oían hablar a los comuneros, hasta a las mujeres y a los mak'tillos. En la chacra, en el camino, en la calle, dentro de las casas, los k'ayaus amenazaban al Misitu. Anocheciendo, tocaban wakawak'ras, con furia. Y los k'oñanis se asustaban, oyendo.

Bajaron al pueblo, unos tras otros. Y por fin, una noche de

luna, se reunieron todos en el canchón de la casa-estancia de don Julián. De allí salieron, con buen fiambre de coca y cañazo. Siguiendo al Kokchi, en la noche helada, caminaron horas de horas, hasta llegar al pie del taita Ak'chi. Las vicuñas también gritaban de frío, desde sus canchas, ocultas en las hondonadas, entre los pedregales. La cumbre nevada del taita Ak'chi alumbraba, aumentando la luz de la luna; pero la roca negra de las faldas sin nieve, en el silencio grande, asustaba; y los k'oñanis entraron de frente a la sombra del auki, del Ak'chi, padre cuidador de las estancias de K'oñani.

El viento helado bajaba de la cumbre. Ya al pie del Ak'chi no hay nada, ni ischu ni yerbas, ni el triste pukupuku llega; sólo pedregal frío. Las peñas negras que se levantan derecho, alto, hasta alcanzar la nieve. Ni la vicuña entra a esa altura, se queda abajo, en el pajonal, mirando las rocas. La voz de la gente suena de otro modo al pie del Ak'chi; cuando hablan, la voz crece en las peñas, parece que se golpea en la roca, como en acero templado.

—¡Ya, taita! ¡Aquistá tus criaturas!

La voz del layk'a Kokchi duró largo rato, como si estuviera subiendo en la peña para alcanzar la cumbre.

Bajó su fiambre; amontonó en el suelo el ischu seco y con un fósforo lo encendió. El ischu prendió llameando. Los k'oñanis se reunieron junto al fuego; la llamarada no les dejaban ver lejos. Kokchi escarbó un hueco en el suelo, con su cuchillo; y preparó la ofrenda: mezcló sobre una hoja de papel rojo, trigo grande de la quebrada, maíz blanco de la pampa de Utek', piñes de color, papel dorado y papel de plata, un real nuevecito y, pisando la mezcla, un torito de barro, con el cogote ancho y los cuernos casi juntos.

—¡Koñanikuna! —dijo.

Se juntaron alrededor del layk'a los punarunas. De rodillas, levantando su manos, el Kokchi le pidió al auki en quechua:

—Taitay, jatun auki, taitay Ak'chi: tus criaturas, ahistá, juntos, toditos, en tu lado, donde comienzas en la tierra. Está llorando por ti, jatun taita, con llorar te están pidiendo para que cuides al Misitu, para que le dejes, tranquilo, en su k'eñwal de Negromayo. K'ayau, dice, está rabiando en la quebrada, va venir, dice, para llevar tu Misitu, de tu pertenencia, de tu puna. No vas a querer, taita. Desde tu cumbre estás viendo Torkok'ocha, tu laguna; de allí es Misitu, de su adentro, de su agua, ha despertado tu animal. Aquistá tus k'oñanis, han venido en la noche, caminando lejos, en helada, en el frío, en el viento, para avisarte, rabia de K'ayau quiere Misitu, diciendo: ¡No vas a dejar, auki!

Enterró la ofrenda en el hueco, echándole tierra con las manos. Y regresaron, caminando rápido. Ya estaba llegando la madrugada, y la helada crecía. De rato en rato tomaban aguardiente. Tenían la conciencia tranquila. El taita Ak'chi era el más grande de los aukis en todas esas punas. ¿Quién era más en Puquio? El taita Pedrork'o, Sillanayok', hasta Chitulla, eran como hijos del taita Ak'chi. Eran como huahuas para el auki de los k'oñanis. ¡Nunca arrastrarían al Misitu!

—¡Jajayllas! —gritaban fuerte los k'oñanis y tomaban su cañazo.

Pero el varayok' alcalde de K'ayau estaba pensando en pedirle al auki K'arwarasu, padre de todas las tierras de Lucanas, que protegiera los k'ayaus. Él mismo iba a salir esa semana, llevando ofrenda para el auki grande.

Mientras, el Misitu comía tranquilo el pasto de Negromayo; vigilando su querencia, durmiendo en el monte, bajo la sombra de los k'eñwales que le defendían de las heladas.

IX
La víspera

Los vecinos notables obsequiaron al Subprefecto un caballo fino, «para que lo montara cuando saliera a visitar los distritos, y como prueba de afecto de sus amigos puquianos», según decía la carta que redactó don Demetrio. El Subprefecto aceptó el regalo, porque, calculando bien, el caballo valía no menos de 500 soles.

Al día siguiente, el Subprefecto recibió un memorial firmado por cuarenta vecinos, pidiéndole que la circular del Director de Gobierno no fuera pegada en las esquinas. «La indiada, señor Subprefecto, sería capaz de alborotarse si llega a saber positivamente que no va permitirse la corrida conforme a la costumbre. Porque hay gente, de entre los vecinos, que están maniobrando para que la circular no se cumpla, a fin de que se realice el desafío del ayllu K'ayau contra Pichk'achuri. Nosotros, los más responsables y principales mayores contribuyentes, en cambio, responderemos, con nuestras personas, por el cumplimiento del mandato superior. Y para el efecto, adjuntamos copia del telegrama del señor presidente del "Centro Unión Lucanas", en cuyo telegrama nos felicita por la orden dada al referido Centro para la contrata de un torero, y nos promete su inmediata realización».

El Subprefecto aceptó el pedido, e hizo llamar inmediatamente a don Demetrio Cáceres, al Alcalde Antenor, a don Jesús Gutiérrez y a don Julián Arangüena.

Los recibió serio, como disgustado. Apenas les dio la mano y les invitó asiento. Cuando llegaron todos, hizo cerrar la puerta del despacho, y se sentó en su sillón, con gesto de aburrimiento. Los principales le miraban con desconfianza; sólo don Julián puso las dos manos sobre sus piernas y miró al Subprefecto, tranquilo, como preguntando.

—Señores: he aceptado el memorial. Pero quiero saber cómo van a garantizarme el cumplimiento de la circular, y quiénes están desobedeciendo la orden del Gobierno. Quiero saber también ahora con qué interés el señor Arangüena ha obsequiado su toro al ayllu K'ayau...

Don Julian se movió, e iba a hablar.

—¡Espere un rato! ¡Yo soy primero! —el Subprefecto levantó la voz—. Quiero que sepan, en primer lugar, que la circular se respetará, por encima de todo, cueste lo que cueste. ¡Y que no me asusta que algunos salvajes intriguen y ajochen a la indiada para que no se cumpla la circular del Supremo Gobierno! Para ésos tengo la cárcel y hasta el azote.

Se calló de golpe. Y miró a don Julián, clavándole la vista, para que los otros se dieran cuenta que con él rezaba la amenaza.

—¡A ese cholo Jiménez ya lo he asegurado! Ha dormido sobre el excremento de los caballos, y despúes, él cuenta bien lo que le espera si mueve un dedo contra la autoridad.

Mientras hablaba no le quitaba la vista a don Julián, pero el misti seguía tranquilo, moviendo su pierna y mirando, ya al Subprefecto, ya al techo o a los otros mistis.

—Yo sé quiénes se ríen de las órdenes que la autoridad imparte. Y sé cómo voy a hacer que esos infelices se arrepientan. ¡Don Julián Arangüena, puede usted hablar!

Don Julián se puso de pie. Don Julián tenía un lunar grande y bien negro junto a su ojo derecho; ese lunar y sus cejas encrespadas y medio rubias le daban cara de fiera cuando rabiaba. Por eso los puquios creían que don Julián llamaba al diablo cuando quería resondrar, y que el diablo le entraba al cuerpo por el lunar negro de su cara. Don Julián se paró; y los otros mistis, a pesar de que estaban gozando con los insultos del Subprefecto, sintieron miedo.

—¡Señor autoridad...!

Así gruesa y fuerte le salía la voz, cuando montaba en su caballo y se metía en la plaza de Pichk'achuri, llamando, para rejonear a los toros que hacían temblar a los otros vecinos. De eso se acordaban bien don Antenor, don Demetrio... aunque ya pasaban algunos años desde que los principales no rejoneaban en las corridas.

—¡Señor autoridad…! Como recién ha llegado, usted no conoce a don Julián Arangüena. Más conoce usted a don Antenor, porque es habladorcito; a don Demetrio porque está acabando su herencia convidando y limpiando los licores finos del billar. ¡No se moleste, señor! Conozco mi deber, rápido voy a hablar. A mí no me importa que el Gobierno mande que los indios no se metan a capear en las corridas. El Presidente de ahora tendrá pues buen corazón. Pero es feo que los vecinos estén mandando telegramitas con mentira. Ahí está don Antenor, siempre compra dos, tres arrobas de cañazo para emborrachar los pichk'achuris y hacerlos entrar a la plaza, para que los toros hagan su degolladero. ¡Y ante la autoridad refriega sus manos como santo!

—¡Protesto! —don Antenor se paró, levantando sus brazos.

—Tranquilito no más, don Ante. Estamos en confianza.

—¡Pero modere sus palabras! ¡O le irá mal! —el Subprefecto salió al centro del despacho y se detuvo frente a don Julián. Éste siguió hablando.

—Así es nuestro Alcalde, señor. Más bien le estoy ayudando a conocer a los amigos. Ahora voy a decirle del Misitu. Lo he regalado a K'ayau, por motivos que el Alcalde Antenor sabe mejor que yo. Porque al Misitu nadie lo saca de K'oñani. ¡Ni yo, señor! En cuanto a reírse, sólo de pensar que en Puquio va haber corrida con torero limeño me he reído. ¿Para que vea don Antenor con sus hijitos va venir diestro de Lima? Como usted habrá visto, yo no he firmado ese memorial. No entro en mujeradas, señor. Ahora dígame su señoría, si en algo más puedo servirle en su despacho.

—¡En nada! ¡Puede largarse!

—Entonces, hasta lueguito, señor Supre, señores vecinos…

Dio media vuelta, sin dar la mano a nadie, y se dirigió a la puerta; corrió el cerrojo, y saliendo, volvió a cerrar la puerta.

—¡Güevones! —dijo, casi en voz alta. Y bajó las gradas, a la plaza, sin mirar antes si había gente en el corredor. Los principales y mestizos que estaban esperando allí al Subprefecto lo vieron irse.

—¡Malo! Don Julián sale fiera. ¿Qué estará pasando adentro?

En el despacho, los tres vecinos y el Subprefecto quedaron en silencio durante un rato. El Subprefecto decía en su conciencia: «No tiene un pelo de tonto este Arangüena; es más vivo que Judas».

Don Demetrio se puso de pie y se acercó donde el Subprefecto.

—¡Es un propio gamonal, señor Subprefecto! Se come la sangre de los indios.

Don Antenor y don Jesús también se acercaron al Subprefecto.

—Pero no está de parte de la indiada, valgan verdades. No sabemos cuánta plata tendrá enterrada. Eso no más amontona. Lo demás no le importa. Como bestia es, no le importa la vida. Y cuando chupa, como animal se emborracha. No hay que hacerle caso, mejor.

—Seguro ha matado muchos indios. Pero en las alturas, recolectando ganado y lana.

—¡Pero no le pueden meter a la cárcel!

El Subprefecto casi no les oía. Estaba pensando en la manera de someter a don Julián.

—¿Ustedes podrían ayudarme a fregar a ese salvaje? —les preguntó de golpe mirándolos firmemente. Los ojos de los tres vecinos temblaron.

—Mejor no se meta, señor —habló don Demetrio—. ¿Qué le importa ese sucio? Primero es su tranquilidad. ¿No es cierto, señor Alcalde?

—Sí, señor Subprefecto. ¡Su tranquilidad ante todo! Usted no es de acá. Y como enemigo, Arangüena es una bestia. A usted, señor, lo que le interesa es garantizar su porvenir en Ica. Y aquí estamos sus amigos sinceros.

—Ahora, por ejemplo, ¡que se cumpla la circular! Y usted quedará como un gran subprefecto.

—Ahí está el quid.

—¡Su obra es civilizar este pueblito atrasado!

—Mire usted pues, señor Subprefecto.

Querían hacerle olvidar a don Julián. Que se perdiera en su mente la idea de perseguir a don Julián. ¡Aunque sea miles le darían! ¿Quién le había aconsejado amenazar a don Julián? El

Pancho Jiménez era otra cosa. ¡Un chalo platudo no más! ¡Pero a Arangüena le temblaban más que a todo en el mundo!

—¡Señor Subprefecto, aquí estamos sus amigos!

No necesitaban acordar, sus corazones se adivinaban; en sus ojos ardía el temor, como si el lunar de don Julián estuviera delante de ellos, crecido, como una araña venenosa.

—El torero ha de venir, señor Subprefecto. Nuestro plan es el siguiente.

El Subprefecto adivinaba. Las manos de los principales, levantándose junto a su cara, impacientes, como queriendo borrar el nombre de Arangüena en el aire; los tres vecinos rodeándole, quitándose la palabra, sofocados. «¡Porquería!» «¡Estos carajos!» La conciencia del Subprefecto asqueaba. Y por instinto olió su interés: «¡Esta es la hora! Después que todos se vayan al diablo. ¡No la pierdo!» Y se apagó, de golpe, su rabia contra don Julián. Otro apuro más violento se despertó en su ánimo.

—¡Muy bien, muy bien! ¡Mis queridos amigos!

Los tres querían reír.

—¡Precisamente! Tengo un apuro grave. Podrían prestarme mil quinientos soles. Yo en cambio les ayudaría...

Los ojos de los tres mistis se pusieron turbios, como si del fondo de sus conciencias se hubiera levantado un arrepentimiento grande. Sus ojos se redondearon, se pusieron como duros. Pero don Demetrio contestó rápido, con voz firme, y como en sueños:

—¡Ni una palabra, señor! ¡Está listo!

Y preguntó a los dos principales:

—¿Qué dice don Antenor? ¿Qué dice don Jesús?

—A las tres de la tarde —contestó con voz enérgica, don Antenor.

—Buena hora —dijo don Jesús.

«A esa hora murió Cristo», dijo para sí el Subprefecto. Tomó del brazo a don Antenor y a don Demetrio, e invitando con un ademán a don Jesús, los llevó junto a su mesa.

—Sentémonos ahora, señores. Trataremos de la corrida.

Su voz era cariñosa, pero junto, la burla le salía al iqueño, suavecito, pero bien claro, arañando el corazón de los tres principales.

—Vuestro memorial lo he aceptado. Todo podrá hacerse según vuestro plan, con la sola condición de que la circular se cumpla. Ahora es tiempo de ponernos de acuerdo.

Los cuatro estaban ya sentados, en un extremo del despacho, cerca de la mesa. Al Subprefecto le bailaban los ojos de contento, y los tres principales le miraban como avergonzados. Don Demetrio había perdido su voz fuerte, de principal bien civilizado; hablaba despacito; don Antenor parecía más tranquilo; y don Jesús Gutiérrez no hablaba ni entendía. Quería irse.

—Bien, señor —don Demetrio se sintió obligado a hablar del «plan»—. El «Centro Unión Lucanas» va a contratar volando al torero, porque sus cabecillas son chalos refinados que hablan contra los gamonales y a favor del indio. A los ayllus no hay que decirles que solo el torero va a capear. Como todos los años, que traigan a los toros; si pueden, que traigan al Misitu; que preparen la corrida. Pero el 28 pondremos al torero en la plaza, y los guardias impedirán que los indios entren a capear. ¿Qué le parece?

—¡Muy bien! Estoy completamente de acuerdo.

—Sólo hay un tropiezo. Usted quizá nos aconsejará.

—¿Cuál?

—El torero, ¿querrá capear en la plaza de Pichk'achuri?

—Eso es. Tienen razón. Esa plaza es un campo inmenso. Sin peones, toreando solo, creo que ningún diestro aceptaría hacer faena allí. ¿Y qué piensan hacer?

—El señor Vicario tiene una idea. Pero no sabemos si usted aceptaría.

—Desde luego, yo acepto. He prometido ayudarlos. Y mucho más ahora, que voy a deberles un importante servicio.

Los tres se quedaron callados. Ya habían tomado un poco de confianza; y tuvieron valor para callarse un rato, intencionalmente. El Subprefecto comprendió, y tomó la delantera:

—Claro que siempre tengo derecho para rechazar cualquier medida, si no creo conveniente…

Don Antenor habló en voz alta. Los cuatro se sacudieron. Todos habían estado secreteando; y los tres vecinos hablaban sin aliento. Pero cuando el Subprefecto volvió a amenazar, el Alcalde Antenor contestó alto; su voz llenó todo el despacho, y los otros vecinos se alegraron, oyéndole.

—El Vicario ha ideado, señor, esta medida, para ayudar a la autoridad y al pueblo.

—¡Dígala! —el Subprefecto tambien habló con voz fuerte.

—Mandaremos hacer una plaza chica de eucaliptos dentro de la de Pichk'achuri. Los ayllus lo harán, K'ayau y Pichk'achuri. El Vicario les dirá que la competencia para que sea legal y para que se vea mejor, necesita una plaza chica, con asientos buenos, donde se acomodaría toda la gente, para ver de cerca. Y para que no pongan pretextos, les dirá que con dinamita no es gracia entrar contra el toro. Que solo a solo con el toro es hombría capear.

—Si el cura logra arreglar esa farsa, no tengo por qué oponerme. Sólo el cura puede hacer tragar esa píldora a los indios. Yo no tengo inconveniente en admitir esa treta.

—Treta o no, señor, le dará la oportunidad de hacer cumplir la orden superior

—Porque de otra manera, hubiera tenido que echar mano a los rifles, para impedir el turupukllay.

—¿Y qué? La responsabilidad no es mía. ¿Y qué tanto da que los indios mueran destripados o a bala?

—Hubiera tenido que matar algunas docenas.

—Pero se hacía el escarmiento. Y no volvía a repetirse la destripadera. A la alemana, de una vez. Sólo que estamos hablando de más. Acepto vuestro plan, en todas sus partes, para la tranquilidad de ustedes y de la mía. ¿O traen algo más que decir?

—Nada, señor.

—Queda acordado. Se los comunicaremos al Vicario.

—Sólo hay un asuntito delicado, señor —habló don Demetrio, haciendo un ademán, como para levantarse.

El Subprefecto sospechó inmediatamente lo que don Demetrio pediría.

—Se trata de Pancho Jiménez, ¿no es cierto?

—Sí, señor. Usted lo ha puesto en libertad, y ese hombre es peligroso, porque está al habla con los ayllus. Y no es una acusación gratuita. Puede decirlo don Jesús.

—Sí, señor Subprefecto. Don Pancho tiene partido entre la indiada, y si quiere, puede entorpecer nuestra labor. Y a don Demetrio, dicen, lo ha amenazado de muerte.

—Está bien, señores. Después de las tres de la tarde, lo haré llamar a mi despacho. Como medida preventiva, dormirá en el cuartel, y durante el día un guardia vigilará su tienda. Lo obligaré a que se recoja al cuartel antes de las seis de la tarde. ¿Qué le parece, don Demetrio?

—¡Muy bien!

Se levantaron los tres principales para despedirse.

—Hasta luego, señor Subprefecto. ¡Muchas gracias!

—Hasta las tres, señores. Y también gracias.

—Así será.

El Subprefecto los acompañó hasta las gradas.

Los tres se fueron caminando por la plaza, un poco separados, como si estuvieran resentidos. Cuando estuvieron cerca de la pila grande, don Jesús movió sus brazos señalando a don Demetrio.

—¡Los he agarrado bien! —dijo el Subprefecto, mirando a los tres vecinos principales, y volvió a su despacho.

—¡Señor Secretario! Haga pasar a la gente.

Desde el despacho llegaba al corredor, fuerte y contagiosa, la risa del Subprefecto.

Apenas voltearon la esquina de la plaza, don Jesús se plantó en la calle.

—¡Yo nada tengo que hacer en este pleito! ¿Por qué voy a dar mi plata para ese vivo? Ustedes se fregarán…

—¡Tiene usted que ayudarnos, don Jesús! Pero no haga escándalo en la calle. Entraremos a mi casa a discutir.

La casa de don Demetrio estaba en la segunda cuadra del jirón Bolívar. Don Jesús no quiso subir a la oficina de don Demetrio.

—Es rápido esto, don Demetrio; aquí no más, en el patio, arreglaremos. ¡Yo no doy un centavo! ¿Por qué voy a dar?

—¿Por qué aceptó usted en el despacho? ¿Por qué no se paró de hombre y negó? ¡Diga usted, pues, diga!

Don Antenor le hacía retroceder, hablándole y metiéndole la cara.

—¡Cómo iba a negar! Más bien les he ayudado, pues. ¿Cómo voy a rechazar sabiendo que el Subprefecto es un hambriento?

—¡Eso pues va usted a pagar ahora! Su mariconada.

—Y la de ustedes.

—¡No! Nosotros vamos a meter en breque al Pancho, vamos a garantizar la corrida.

—¡Y que termine esto! El Concejo dará 500 soles, don Demetrio que dé 500, yo 300, y usted 200. ¿Acepta?

Don Jesús miraba la puerta para escapar.

—No sea tacaño. Sólo sus indios de Tile-pata le dan 1,000 al año. ¡Y por nada!

—¡Bueno, bueno! Pero ¡carajo! somos unos lanudos. Sin qué ni por qué, este Subprefecto nos quita el dinerito. ¡Ustedes le fomentan! Siendo los más principales, en vez de pararle los abusos.

—Usted sabe, don Jesús. La autoridad es la autoridad. Y del cuero salen las correas.

—Bueno. ¡Hasta luego! Mandaré el dinero después del almuerzo. Y que conste, ¡los tres somos unos gallinas, cuando don Julián habla!

Don Jesús salió a escape, hasta la calle.

—¿En qué maldita hora me metería con estos k'anras?

No paró de insultar y de arrepentirse hasta llegar a su casa. A la hora de almuerzo, tiró el plato de mote a la cara de su mujer, sin motivo, porque su rabia contra el Subprefecto no se había calmado todavía.

—¡Esta mujer perra!

Fue corriendo a su dormitorio. De debajo de su cama sacó una talega grande, llena de plata. Contó, apurado, doscientos soles, los amarró en un pañuelo y salió a carrera. Llegó a la casa de don Demetrio. Él no estaba.

—¡Aquí tiene la plata! Y dígale a su marido que es un vivo.

Puso el dinero sobre la mesa del comedor, mientras la familia de don Demetrio miraba con asombro la cara rabiosa, los ojos duros de don Jesús.

Don Jesús volvió, más tranquilo, a su casa. Se sentó callado junto a la mesa del comedor. Y comió su chupe, su mote, su tek'te de habas, en silencio, sin mirar a su mujer. Después montó en su caballo y se fue a vigilar su ganado y sus chacras de trigo.

A las tres de la tarde, don Demetrio y don Antenor entregaron al Subprefecto los 1,500 soles. Los tres se abrazaron varias veces, hablaron alegres. Y se citaron en el billar para la noche.

—Festejaremos el arreglo de la corrida.

—Festejaremos a Puquio, señores.

Don Antenor y don Demetrio cruzaron la plaza, ya de regreso, andando rápido.

—¿Mandamos o no mandamos, don Antenor?

—Mandamos, don Demetrio. El pueblo está en nuestro bolsillo.

Pero delante de sus ojos, aparecía, como en sueños, la cabeza de don Julián, sus ojos mandones, su mirar de asesino.

* * *

El presidente del «Centro Unión Lucanas» contrató al torero español Ibarito II. Por 500 soles, pasajes de ida y vuelta y estadía pagada, torearía seis toros, en la tarde del 28 de julio.

Ibarito II era banderillero de la plaza de Acho. Había venido de España, hacía como diez años, con un torero famoso; y se quedó en Lima, porque ya no servía para las plazas de España. Cuando terminó la temporada del matador que lo trajo en su cuadrilla, Ibarito firmó contrato para torear en Ica, Chincha, Pisco. Cuando estuvo en Ica, oyó hablar de la faena de 28 días en que los indios de Lucanas abrieron la carretera Nazca-Puquio.

—No me gusta torear en los pueblos de la sierra; porque los toros que le echan a uno, por lo menos deben ya tres o cuatro vidas. Todos son rejugados. No iré a Puquio, por menos de 500, y gastos —dijo al exponer sus condiciones.

El estudiante Escobar sabía que el torero tenía razón. Que en Puquio, y en toda la provincia, los toros que no habían sido dinamitados, volvían siempre a jugar al año siguiente; que esos toros buscaban el cuerpo tras del poncho o de la capa, que embestían sobre seguro. Eran de experiencia, y sabían matar.

—Está bien, señor. Pediré instrucciones para que firmemos contrato. Torear en la sierra, como usted dice, cuesta trabajo.

El Alcalde aceptó las condiciones del contrato. Y el diestro Ibarito II quedó asegurado para ir a estrenar las corridas «a la española» en Puquio.

Más de veinte puquianos estaban resueltos a ir, representando al «Centro Unión Lucanas», para la corrida del 28. El estudiante Escobar informó en una asamblea especial, que sabía que los vecinos principales de Puquio estaban divididos en dos bandos; que don Julián Aranguena era el cabecilla de los gamonales más atrasados, que estaba maniobrando para que la circular no se cumpliera; que don Demetrio Cáceres, el cura y el Alcalde habían resuelto apoyar al Subprefecto; pero que no se podía confiar en ninguno de ellos, porque todo lo que hacían era sólo por el interés de quedar bien con el Gobierno. «¿Quién no conoce a don Demetrio, a don Antenor y al Vicario? Si se han puesto de acuerdo, tenemos que desconfiar. Para nada bueno hacen alianzas esta clase de gente». Dijo también que don Pancho Jiménez estaba en condición de preso, por orden del Subprefecto y a pedido de don Demetrio y del Alcalde. «Don Pancho será bruto —dijo— pero es amigo de los ayllus. Si defiende el turupukllay es porque no se da cuenta que es un mal para los comuneros. ¡Tenemos que ir nosotros!».

El «Obispo» pidió la palabra, y habló casi a gritos. La asamblea se reunió en el local de las Sociedades Unidas, frente al antiguo Palacio de Justicia; y la voz del «Obispo» se oía hasta en las dos esquinas de la calle. Los guardias fueron a escuchar desde la puerta.

—...El Gobierno está ahora con nosotros —dijo el «Obispo» cuando vio a los guardias—. Nosotros iremos a defender una orden del Gobierno, apoyados por la ley. Con maquinaciones, don Julián y don Pancho han puesto frente a frente a los ayllus principales del pueblo, Pichk'achuri y K'ayau; como para una guerra están ahora odiándose los dos ayllus. Y como si esto no fuera bastante, don Julián ha regalado a K'ayau su toro Misitu. Ustedes saben lo que se cuenta de ese toro; ni el mismo gamonal, con todos sus mayordomos juntos, montados en los mejores caballos de la provincia, han podido sacar a esa fiera de su querencia de K'oñani ¿Qué van a hacer los k'ayaus? Como carnada se entregarán. ¿Hasta cuándo vamos a consentir estos abusos? ¡Vamos a Puquio! ¿Somos o no somos hijos de Lucanas? Tenemos obligación sagrada…

El Centro mandaría una comisión a Puquio; los que no podían ir darían cinco reales cada uno, para los gastos de viaje de los comisionados.

✳ ✳ ✳

En Puquio, el Vicario hizo llamar a los dieciséis varayok's del pueblo. Según lo acordado, él convencería a los ayllus para que levantaran una plaza de toros en Pichk'achuri. Plaza chica, junto al coso donde encerraban a los toros bravos.

Cuando los dieciséis varayok's llegaron a la casa cural, el Vicario los hizo sentar en los poyos del corredor. Tenía un libro negro en la mano. Les habló en quechua:

—Yo como indio de Puquio, indio soy. Por eso he sido apoyo de los comuneros siempre. Enfermo o sano, en lluvia o en buen tiempo, he ido a dar el último consuelo a los indios; hasta los ayllus he caminado, para confesar y dar buen morir, cuando el tifus hervía en los barrios, cuando las criaturitas, los viejos y los mak'tas, se morían con la fiebre….

—Arí, taita, papay —los cuatro varayok's alcaldes se acercaron donde el Vicario y le besaron las manos—. ¡Sempre pues, taitay!

—En faena de carretera también, a la punta he ido. He señalado el carretero, por buen sitio, subiendo, como gato, las peñolerías; tiritando con el frío en Kondorsenk'a, en Galeras pampa, durmiendo en el descampado, con los indios de todo Lucanas. Como hermanito he sido para ayllus de Puquio.

—¡Sempre pues, taitay! ¡Ayllus te quieren!

—Por eso, en las corridas del 28 he llorado por endios. ¡Como diablo el toro persigue a los cristianos! Como enemigo, retacea la carne de los comuneros, su sangre riega sobre la tierra de Pichk'achuri. ¿Acaso la sangre es de ti? Taita Dios ha puesto el corazón en el pecho de los cristianos, para que vivan contentos, rezando, respetando la sangre del cristiano. ¿Con qué derecho los pichk'achuris, los k'ayaus, entregan su corazon al toro? Toda su sangre, calientita todavía, la riegan en el suelo para el contento, para la fiesta del diablo que mira desde los ojos del toro bravo.

Los varayok's se entristecieron; miraban miedosos al Vicario.

—Ahora, en 28, K'ayau va pelear con Pichk'achuri. En plaza grande van entrar en tropa, para entregar su vida al Misitu. ¡Misitu es diablo!

—¡Nu, taitay! ¡Sallk'a grande no más! —habló el varayok' alcalde de K'ayau.

—¡Misitu es diablo! Por eso solito vive en el monte; con su sombra también rabia. Para matar no más vive; con los pajaritos del monte también rabia; el agua también ensucia con su lengua.

—De su rabo va arrastrar al Misitu, endio k'ayau, taita. Como pierro va entrar a Pichk'achuri; con dinamita pues, reventaremos su pecho, en plaza grande —volvió a hablar el varayok' alcalde de K'ayau.

—¿No ves? Creo el diablo ya está en tu alma, taitay alcalde. Como hermano de Misitu estás defendiendo.

—¡Vamos matar al Misitu, taita! —habló el varayok' alcalde de Pichk'achuri, parándose frente al cura.

—¡Su pecho reventaremos con dinamita!

—¡Bueno, bueno! «Honrao» Rojas, K'encho, Raura. Tobías, Wallpa… ¡que entren! Está bien; ellos tienen maña. Comunero inocente de lejos no más verá. ¿Qué dicen, taitas?

Se miraron, consultándose, los dieciséis varayok's.

—Comunero inocente morirá no más; como oveja llegará al cuerno del Misitu. Varayok' alcalde será responsable. Capeador k'ayau, capeador pichk'achuri, como hombre, que peleen con toros de K'oñani… ¿Qué dicen?

—Está bien, taita.

—Pero en plaza grande no sirve. Plaza chica haremos en Pichk'achuri, junto al coso. Con eucalipto, con sauce. Haremos graderío para que sienten endios de K'ayau, de Chaupi, de Pichk'achuri, de K'ollana; para que sienten werak'ochas principales, taita juez, taita alcalde. De cerca verán rabia grande de capeadores. A ver quién es primero en 28, K'encho de Pichk'achuri u Raura de K'ayau. Capeador conocido, buen mak'ta, torearán; endio inocente, mak'tillos, mujeres, werrak'ochas, mirarán de cerquita. Choclón también habrá.

—¡Yastá, taita! —exclamó el alcalde de Pichk'achuri.

—Pero auki Pedrork'o, auki Sillanayok', capaz molestará; capaz graderío tapará su cumbre —replicó el de K'ayau.

—Bajo no más haremos cerco; mirarán alegres todas las cumbres, desde lo alto.

—¡Yastá! Levantaremos plaza, con graderío.

—Así es varayok'kunas, con saber hay que ser mando, acordando con Vicario, en amistad con Taitacha Dios.

Los varayok's se fueron, para mandar en los ayllus la construcción de la plaza.

Todo estaba allanado.

—Estos maricones están echando a perder el valor de la indiada; están aguando la sangre del pueblo. ¡Ya dentro de poco no habrá hombres en Puquio! —decía rabiando, don Julián.

—¿Qué esperan? Siempre será el K'encho, el «Honrao», el Raura; los papacitos de 28 —decía don Pancho, cada tarde, cuando iba a dormir en la cuadra de los «civiles».

X
El auki

El varayok' alcalde de K'ayau encomendó su ayllu al auki K'arwarasu. El auki K'arwarasu tiene tres picos de nieve, es el padre de todas las montañas de Lucanas. Del camino a Ayacucho, desde la cumbre de Wachwak'asa, casi para bajar ya a Huamanga, se ve el K'arwarasu. Tras del aire frío de la puna grande, a cuarenta leguas de distancia, cumbre tras cumbre, la vista alcanza, en la lejanía azul, como en el extremo del mundo, los tres picos de nieve, clareando a la luz del sol entre los relámpagos y lo oscuro de las tormentas.

—¡Ay taita! ¡K'arwarasu taita!

Los viajeros indios esparcen aguardiente, mirándolo con respeto; sus ojos se esfuerzan para distinguirlo bien tras de todas las cumbres.

—¡Papay! ¡Jatun auki!

Los arrieros lucaninos le hablan con cariño, le saludan, rociando cañazo al aire. En sus ojos brilla la adoración al auki, al vigía, al cuidador de toda la tierra lucana.

El K'arwarasu es, pues, la seña de la provincia de Lucanas. Cuando los viajeros suben a Wachwak'asa, para ir a Huamanga; cuando suben al Soraya para ir a Chalhuanka; cuando pasan por Tambora, para bajar a la costa; cuando suben junto al Sarasara, para ir a Arequipa, miran, claros, altos, brillando, los tres picos de nieve.

—¡Ahistá el K'arwarasu! —hablan—. ¡Qué grande había sido! ¡Qué imponente!

Entonces el arriero o el guía dice, señalando:

—Sí, patrón. Ahisito, de frente, en una de esas quebradas, está Puquio; al otro lado, atrás, están Aukara, Cabana, Sondondo, Chacralla, Waykawachu; allí, por donde aparece el pico del centro, están Querobamba, Andamarka, Larkay…; y al pie mismo del pico del medio, casi donde empieza la nieve, está Chipau…

Y va señalando y nombrando casi todos los distritos de Lucanas, todos sus pueblos, sus ríos, sus pampas, sus lagunas. Y encima, mirando todas las tierras de los lucanas, vigilando, está el K'arwarasu, tranquilo. Y de su nieve, de lo más blanco y frío, salen peñas negras y hacen sombra en la nieve.

El varayok' alcalde de K'ayau tenía derecho de encomendarse al taita K'arwarasu, porque es el auki de todos los lucanas, aunque los comuneros de Chipau lo nieguen. El varayok' alcalde de K'ayau sabía que tenía derecho, porque Puquio es el pueblo más grande de los lucanas, es su capital; y los varayok's de Puquio pueden hacer andar y levantar a todos los pueblos que el taita K'arwarasu cuida.

En tres llamas blancas, el varayok' alcalde de K'ayau llevó la ofrenda del ayllu; le acompañó el varayok' regidor y un huayna del ayllu. Después de tres días regresó con un layk'a de Chipau. El layk'a quería ir solo por el Misitu; decía que el taita K'arwarasu le había dado poder sobre los toros de todas las punas que pertenecen al auki. Pero el varayok' alcalde no aceptó; dijo que el taita le había ordenado a él ir con todo el ayllu. Que cuando estuvo escarbando la nieve, para encontrar el suelo y enterrar la ofrenda, el Taita le había dicho, hablándole directamente al corazón.

—Mi layk'a te va guiar, pero tú vas a subir a K'oñani, con los k'ayaus; vas a llevar mi Misitu para que juegue en la plaza de Pichk'achuri. Yo voy a mirar desde mi cumbre el yawar fiesta. Por K'ayau soy, taita alcalde; K'ayau llevará enjalma, primero será en vintiuchu.

Y que oyendo la voz del auki grande, había llorado, y su llorar caliente también, como ofrenda, lo había enterrado.

—¡Yastá! ¡Yastá!

—¡Rato menos tanto!

—¡Rato menos tanto!

—¡Pubrichalla! ¡Misitu!

—¡Ay Misituy, Misitu! ¡Llorando bajarás!

—¡Yastá, taitakuna! ¡Rato menos tanto!

—¡Taita K'arwarasu! ¡Jatun taita!

—¡Tú no más por ayllu K'ayau!

—¡Jha! ¡Carago! ¡Con pedo no más arreando Misitu!

—¡Nu'hay layk'a! Orinando lejos no más arrearemos Misitu.

—¡Yauuú taitakuna! ¡Yauuuuú!

El ayllu K'ayau estaba hirviendo. Los varayok's llamaban desde los claros del barrio; los comuneros gritoneaban en la puerta de sus casas.

Desde la torre de la capilla, el Raura tocaba wakawak'ra. Señalaba con desprecio la campanita de la torre:

—¡Atatau! ¡Como criatura llora! ¡No sirve!

Mostraba su wakawak'ra grande, de tres vueltas, con boquilla de acero y decía:

—¡Ahistá para mak'ta! ¡Esto oye, en lejos también, mak'ta k'ayau!

Y soplaba con furia. Su cara se hinchaba todavía; pero como voz de toro llora el wakawak'ra; temblando salía el llorar de su boca redonda; sacudía hondo, bien dentro, el alma de los k'ayaus. Bajando desde la torrecita, la voz del wakawak'ra entraba al corazón de los k'ayaus; entonces sus ojos ardían, su corazón desesperaba.

—¡Maypim chay Misitu carago! (Dónde está ese Misitu) —gritaban.

La rabia sacudía todo el cuerpo de los comuneros k'ayaus. Se dirigían a la placita del barrio, caminando a tranco largo, pisando fuerte el suelo. Llegando a la esquina de la plaza, tiraban las puntas de su poncho sobre el hombro, levantaban alto la falda del lok'o:

—¡Maypim chay Misitu, carago!

Y miraban al Raura; abriendo las piernas, enderezando bien el cuerpo, y como preguntando.

Viendo a los mak'tas y a los comuneros amenazar con furia en la plaza, llamándose para subir de una vez a K'oñani, resondrándose y golpeando las paredes con los puños, las criaturas y las mujeres corrían tras de los comuneros. Las criaturas y los mak'tillos corrían como perseguidos. Oyendo el wakawak'ra y el resondro rabioso de sus padres, crecía el miedo en sus almas, como sombra negra, como el ruido del aguacero.

—¡Ay taitaya! ¡Taitallaya!

Se encontraban en la plaza con el tumulto, con la furia de los k'ayaus, que amenazaban al Misitu, rajándose la camisa y mostrando el pecho. Y temblaban, llorando a gritos, buscando con los ojos entre la indiada.

—¡Eh carago!

Algunos comuneros empujaban con el pie a las criaturas y pateaban a las mujeres, para que se llevaran a las huahuas.

—¡Carago k'anra! ¡Lleva criatura, rápido! ¡Hombre no más en plaza!

Entonces el varayok' alcalde dio la orden. Era 25 de julio. K'ayau estaba ardiendo. Ni uno quedaría. ¿Quién pues, iba a quedarse en el barrio para cuidante de las mujeres y de las criaturas?

—¡Ahura será! ¡Ahistá corral, corral chiquito, para que sallk'a busque bien cuerpo de endio! —y mostraban señalando en el ayllu Pichk'achuri, la plaza nueva, levantada con palos de eucalipto.

—Aunque sea en iglesia, k'ayau toreará. En altar mayor también, toreando numás —amenazaban.

Saldrían a medianoche, cada quien llevaría su lazo y su fiambre. En el canto del pueblo se reunirían. El layk'a iría por delante, y después de los varayok's el Raura, el Tobías…

—¡Yastá! ¡Taita K'arwarasu cuidando mirará! ¡A su ayllu K'ayau!

Algunos mistis estuvieron esperando desde temprano, a la orilla del riachuelo Yallpu, para ver pasar a los k'ayaus. Dos parejas de guardias civiles también fueron, para vigilar la salida.

Don Julián esperó al otro lado del riachuelo, montado en su overo, solo. El Fermín y los otros mayordomos de don Julián estaban mezclados con los mestizos que esperaban en la otra orilla; buscaban recelosos al patrón, entre la sombra, al otro lado del río.

Don Pancho sabía que esa noche saldrían los k'ayaus.

—¡Sargento, Sargento! Que me lleven con grillos aunque sea, hasta el canto del pueblo no más. ¡No sea usted así, tan fregado! De lejitos no más voy a ver pasar a los k'ayaus.

—¡Yo tampoco voy, don Pancho! Por hacerle compañía. El Subprefecto lo tiene marcado. Don Demetrio y don Antenor lo vigilan como diablos. Nos podemos fregar los dos. Hasta el amanecer conversaremos, si quiere.

Don Pancho quería rogar más. Era hombre, como el mejor. Pero sabía que a esa hora, todos los k'ayaus se estaban moviendo, que los comuneros iban a salir, llenando el camino; que el Raura, el Tobías, el Wallpa, el Paukar, iban a ir por delante, haciendo tronar la quebrada con sus wakawak'ras.

Se paseaba en la prevención, a tranco largo. Una lámpara chica de gasolina iluminaba la cuadra. La sombra ancha de su cuerpo cruzaba la pared, aumentando y bajándose, según la distancia a la lámpara. Hablaba:

—Creo pronto voy a desgraciarme con esos aduletes. ¡No hay más! Y el Gobierno también, ¿para qué se meterá en la vida de los pueblos? ¿Quién friega de aquí al Gobierno? ¡Ahí está el santito Vicario! ¿Por qué ha hecho ese corralito de eucaliptos en Pichk'achuri? Entre él y los aduletes esos, hay acuerdo. Como pescado en sopera, el Misitu coleteará en ese corral. Rápido agarrara a los capeadores. No hay campo ¡carajo! ni para que se zurre el Misitu. Y una buena dinamita del «Honrao» hará reventar el trasero de los que se sientan en el palco. ¡Mejor! ¿No es cierto, señor Sargento? El que es hombre será hombre allí. Y comenzando por el torerito, van a dejar el moco todos los aduletes en ese corral. ¡Yo voy a ver eso! Se va rajar todavía mi boca, cuando me ría, viendo a las niñas y a los alimeñaditos, orinando de miedo, cuando el Misitu alcance con la lengua los palquitos de eucalipto. ¡Jha caraya!

Se paraba a ratos junto al Sargento.

—¡Déjame ir, werak'ocha! Veremos salir a los k'ayaus y nos regresaremos, tranquilos, como gente de palabra.

El Sargento lo miraba, serio. Se le acercó, y le hizo sentar junto a la mesa que había al pie de la lámpara.

—Jugaremos casino, don Pancho.

—¡Listo! Le juego la salida. Si le gano vamos a ver a los k'ayaus.

Se acomodó, apurado.

—Traiga el casinito, werak'ocha. ¡Rato menos tanto!

Sus ojos brillaron con fuerza, como si le hubieran abierto ya la puerta.

—¡Don Pancho ! ¡Usted parece criatura! ¡Déjese de vainas! Si quiere nos tiraremos un pisco. Y levante el ánimo. Para ver a los indios tiene cuánta ocasión todavía. Lo demás son mujeradas.

Don Pancho sacudió su cuerpo; levantó su cabeza, miró de frente al Sargento.

—Entonces, una libra por partido.

—Que sea media.

—¡Bueno, bueno! Suelte el casinito.

Cuando estuvieron jugando, llegó, desde lejos, pero bien claro, el llorar de los wakawak'ras. A don Pancho le pareció que la luz de la lámpara pestañeaba y se oscurecía un poco, cuando el cantar de los wakawak'ras entró a la cuadra. Llegó como una bocanada de aire; lo sintió en sus ojos, y su corazón se encogió de golpe; sintió como un calor fuerte en su sangre; como si la lámpara ardiera dentro de su pecho.

—¡Sargento! Soy un mujerao —dijo—. ¡Enciérreme en un cuarto oscuro! Adentro, en el patio, hay un cuarto donde ustedes guardan herramientas, los baldes y las escobas...

—Está bien…

Fueron al patio. Allí, en la oscuridad, apagando la voz delgadita de los grillos que llamaban desde las yerbas del corral, la voz de los wakawak'ras se oía más claro; parecía que los luceros temblaban en el fondo triste del cielo, porque el cantar de los wakawak'ras los sacudía. Don Pancho entró al cuartito oscuro, casi rozando el techo con su sombrero de paja. El Sargento le echó candado, sin hablar nada. Y después se volvió a la cuadra.

—Este don Pancho es un cholo fregado. Si no lo tiemplan, él templará a más de uno.

*   *   *

En tropa cerrada llegaron los k'ayaus al riachuelo. Como cien comuneros tocaban wakawak'ras; el Raura era el mando de los corneteros. Salpicaron el agüita del riachuelo, como los caballos, cuando pasan a galope los charcos grandes que deja el aguacero.

—No se les ven las caras —decían los mistis desde la orilla del camino—. Pero seguro el Raura está animando a los corneteros. La tropa chica que va a la punta son los varayok's y el layk'a.

—¡Buena suerte, taitas! —gritaban algunos.

Prendían fósforos, pero la llamita ardía un instante, alumbraba la cara del principal que lo encendía y se apagaba como cortada por cuchillo.

—Cómo no trajimos lámparas, ¡qué brutos!

Uno de los guardias civiles clavaba el foco de su linterna a la cara de los indios que iban pasando. Llevaban su lazo de cuero enroscado al cuerpo, de sobaco a hombro; su poncho colgado del mismo hombro; y la piska llena de coca.

—¡Alumbre bien, señor guardia! —gritaban de todas partes.

Los k'ayaus pasaban callados. Pero los wakawak'ras retumbaban en la quebrada. Arriba, en un estrechamiento de la cañada del riachuelo, crecía un bosque de eucaliptos; en ese bosque parecía latir con más fuerza el canto de los wakawak'ras desde allí repercutía, salía el turupukllay, como de dentro de los cerros.

Cuando la tropa de varayok's pasó el riachuelo, don Julián llamó:

—¡Alcalde! ¡Sayay! (Para).

El varayok' alcalde miró fuerte, y distinguió en lo oscuro al overo de don Julián.

—En el abra te va entregar un quintal de trigo mi mayordomo Ciprián. Para fiambre —dijo el patrón.

El varayok' alcalde iba a acercarse a don Julián; se quitó el sombrero para subir del camino.

—¡Pasa! ¡Pasaychik! —mandó don Julián con su voz de dueño.

—¡Papay! ¡Gracias, papay!

Y siguieron subiendo el cerro. La bulla de sus pisadas se oía desde el riachuelo.

Los principales y los chalos se quedaron a la orilla del riachuelo, largo rato, hasta que los wakawak'ras sonaron desde muy alto, en el cerro.

—¡Estos indios! ¡Cuántos irán!

—Lo menos seiscientos.

Hablando, regresaron al pueblo.

En el barrio, en K'ayau, las mujeres y las criaturas lloraban. Vacío, silencio se quedó el ayllu.

Don Julián pasó entre el grupo de los vecinos que volvían al pueblo. Cuando oyeron el golpe de los herrajes del overo, le abrieron campo. El overo pasó a galope, sacando chispas con sus herrajes en el pedregal del camino.

—¡Don Julián!

—¡Es don Julián! El dueño del Misitu.

En un instante, el ruido del galope se apagó, lejos, a la entrada del pueblo.

* * *

Los k'oñanis se asustaron, tocaron wakawak'ras, cuando vieron salir a los k'ayaus de la hondonada, por el camino de Puquio. Como hormigas negras salían a la pampa; por tropas, por tropas, no terminaban de aparecer en la pampa. Se extendieron en el pajonal y avanzaron en tropel, hacia la estancia grande de don Julián. Ninguno andaba por el camino, como tropa de caballos sueltos, venían por el pajonal. Los cuatro varayok's y el layk'a iban adelante, encabezando.

Los k'oñanis corrieron de todas las canchas, de las estancias, de las chozas que hay en las lomadas, junto al Ak'chi; se aventaron cuesta abajo, por el camino de la estancia grande. Mientras, los vaqueros de don Julián tocaban triste los wakawak'ras.

Ya el sol estaba alto, reverberaba alegre en la nieve del taita Ak'chi; y la sombra del cerro alcanzaba lejos, en la pampa. Estaba tranquilo el aire, las k'eullas y los lek'les revoloteaban gritando en el cielo.

Cerca ya a la entrada de la estancia grande, los puquios también contestaron a los k'oñanis. De un golpe empezaron a tocar los corneteros; los wakawak'ras de K'ayau tronaron en la pampa, levantaron viento, y el ischu empezó a mecerse en la llanura. Los k'eullas se espantaron en el cielo y se fueron volando hacia el lado de Torkok'ocha.

Los k'oñanis formaron una tropita delante de la estancia grande recostados a la pared de la cancha; miraban asustados a los k'ayaus. Temblaban, cuando el varayok' alcalde llegó al caserío.

Cesaron de tocar los wakawak'ras y los k'oñanis sintieron como que sus pechos respiraban más libres. Se acomodaron un poco y levantaron la cabeza para recibir a los varayok's.

Hablaron en quechua.

—Taitakuna, vamos llevar Misitucha, para vintiuchu. Don Jolián manda.

El vaquero mayordomo de K'oñani señaló con su dedo al taita Ak'chi que brillaba con el sol, ahí cerca, al final de la pampa.

—Jatun auki molestará, taita alcalde. ¿Acaso? Misitu es su criatura, su animal.

—¡Nu taititu! Auki K'arwarasu mandando, ahistá layk'a de Chipau. Taita K'arwarasu es mando.

Los k'oñanis pestañearon.

—Ahistá layk'a.

El layk'a se acercó al vaquero.

—Cierto, taita —dijo—, jatun auki K'arwarasu manda, para K'ayau es Misitu, dice. Desde su cumbre, dice, va ver yawar fiesta de Pichk'achuri; para él va jugar Misitu. De Torkok'ocha va levantar otro sall'ka, más grande, más fiera, color humo, k'osñi, para su gente de K'oñani, en lugar del Misitu. Hasta Negromayo, él mismo, jatun K'arwarasu va arrear con honda de oro. Va visitar a su gente de K'oñani.

El vaquero se tranquilizó. Quizas era cierto. Quizás el auki grande, el K'arwarasu, vendría a K'oñani.

—Pero cuidado irán —advirtió—. Misitu huele y pelea por sangre de gente.

Mientras el varayok' alcalde hablaba con los k'oñanis, los comuneros de K'ayau rodearon la estancia. El caserío quedó encerrado por un cerco ancho de k'ayaus, por si acaso. Los varayok's sabían que los k'oñanis pelearían por el Misitu, si no creían que el layk'a chipau era un peón del auki K'arwarasu.

Pero el varayok' alcalde y el layk'a le hablaron despacio al mayordomo de la estancia; le contaron largo rato, que el ayllu K'ayau había llevado ofrenda al auki grande, que el layk'a había venido a Puquio por orden del apu K'arwarasu. Que era voluntad del auki que el Misitu jugara en Pichk'achuri. Que un toro k'osñi iba a salir de Torkok'ocha, en reemplazo del Misitu para los k'oñanis.

Entonces el mayordomo ordenó la despedida del Misitu. Las mujeres que estaban en la casa-estancia empezaron a llorar a gritos; entraron al corral de la estancia, y desde allí llamaron a las mujeres de todas las canchas:

¡Ay Misitu,	*¡Ay Misitu,*
ripunkichu;	*te vas a ir;*
ay warmikuna	*ay lloraremos*
wak'aykusan!	*las mujeres!*
¡Ay Yanamayu,	*¡Ay Yanamayu*
sapachallayki	*solito*
quidark'okunki!	*te vas a quedar!*
¡Ay K'oñani pampa,	*¡Ay pampa de K'oñani*
sapachallayki,	*solito,*
sapachallaykis	*solitito*
quidark'okunki!	*te vas a quedar!*

Oyendo el canto, las mujeres salían de las otras estancias; y bajaban el cerro llorando ya; bajaban a carrera, como pidiendo auxilio. Como en las noches de eclipse, cuando se muere la luna, y corren a las lomadas a incendiar el ischu y llaman al cielo, llorando, mientras la luna oscurece.

En el griterío, cuando estaba aumentando el canto de las mujeres, el varayok' alcalde empezó a convidar el cañazo de don Julián a los k'oñanis. Jarritos llenos les daba. Los k'oñanis tomaban, cerrando los ojos. El canto de las mujeres crecía en sus conciencias, subía a sus ojos, llameando.

—¡Valor, taitakuna! —le decían los puquios.

Apretando los ojos tomaban el cañazo; el trago les quemaba un poco el pecho. Y seguían tomando. Los cuatro varayok's les servían, apurados.

¡Ahora sí! Ya no había remedio. ¡Ahí estaban ya cantando la despedida las mujeres! El Misitu bajaría a la quebrada; lo sacarían de su k'eñwal; lo arrastrarían con lazos, por el cascajo del camino, como a un sallk'a sucio. En la plaza de Pichk'achuri reventarían dinamita bajo su pecho. Cansado entraría al pueblo; capaz de su casco saldría sangre.

Oyendo el canto de las mujeres, el sufrimiento crecía en el corazón de los k'oñanis, aumentaba, como los ríos crecen, gritando, cuando cae la lluvia de febrero. Se sentaban despacio, calladitos, junto al cerco de la estancia.

¡Ay K'oñani pampa,	*¡Ay pampa de K'oñani,*
sapachallayki,	*solito,*
sapachallayki,	*silencio*
quidark'okunki!:	*te vas a quedar!*
¡Ay Yanamayu	*¡Ay Yanamayu*
sapachallaykis,	*solitito,*
quidark'okunki!	*te vas a quedar!*

Los k'ayaus, los comuneros del pueblo grande de Lucanas, oían el canto, miraban la cara de los k'oñanis. Se hubieran regresado a carrera, y se hubieran perdido mejor tras de la hondonada. Pero el varayok' alcalde miraba tranquilo a los k'ayaus; y seguían convidando su trago a los punarunas y a sus mujeres.

Al anochecer, los k'oñanis y sus mujeres ya no tenían aliento; dormían roncando, morados hasta la frente con la borrachera; tendidos junto a las paredes, como perros muertos.

Cerca ya de la aurora, cuando los pajaritos de la puna saltaban tanteando entre el pajonal, y en el cielo, medio oscuro todavía, iban apagándose los luceros, los k'oñanis bajaron despacio al fondo de Negromayo. Iban como resbalando, agachados, pisando con cuidado sobre el waylla ischu, Negro se veía, entre el pajonal de la quebradita, los ponchos azules de los k'ayaus y la bayeta oscura de sus waras. Como en media legua del pajonal se extendían, y fueron acercándose, despacito, como creciendo, hacia los k'eñwales.

Llegaron y saltaban sobre los árboles de k'eñwa. El árbol de k'eñwa es bajo, pero su tronco, cubierto de escamas rojas, es duro y ramoso. Trepaban a las ramas, desenrollaban el lazo y lo preparaban como para tirarlo desde lejos. El ischu de junto al río, el que crece bajo la sombra de las k'eñwas, es verde oscuro y blando; pisaban allí y saltaban a los árboles.

Junto al claro más grande del k'eñwal llegaron el varayok' alcalde, el layk'a, el Tobías, y el Raura, con una tropa como de cien. Los otros varayok's se repartieron a lo largo de la indiada, mandando; y en cada canto de la tropa había un varayok'.

En el claro del k'eñwal el ischu es amarillo y alto, duro. Parece como que la luz del día llegara primero allí; apenas alumbra el alba, el ischu amarillo se ilumina, mientras el k'eñwal sigue oscuro, hasta que el sol se levanta de veras en el cielo.

El layk'a se paró a distancia de los árboles, en el claro del k'eñwal. Llevaba un lacito de llama; no tenía poncho, estaba solo. Era layk'a de Chipau, hijo del K'arwarasu, el Misitu tenía que conocer su voz; se pararía en su delante. El sólo había querido entrar a Negromayo.

Cuando el último k'ayau llegó al k'eñwal, todos gritaron, juntos, remeciendo las ramas de los árboles. El layk'a seguía parado en el pajonal. Gritaron dos o tres veces, a un tiempo, comenzando por la tropa del varayok' alcalde.

Desde abajo, casi desde el recodo, por donde ya el Negromayo entra a la quebrada del río grande, gritaron los comuneros:

—¡Toro, toro! ¡Misitu! ¡Está corriendo!

—¡Yauuú!

—¡Está viniendo!

El layk'a se volteó a ese lado; levantó su brazo, como pidiendo tranquilidad. Y cuando estaban mirando a ese sitio del río; cuando todos estaban esperando, con el corazón que parecía rajarse ya, apareció el Misitu, con su cogote levantado, sacudiendo la cabeza. Ya había luz fuerte, y lo vieron correr a saltos para alcanzar al layk'a; corría como un puma verdadero.

—¡So, sallk'a! ¡So, carago! —gritó el layk'a—. ¡Sayay! —y le estiró el brazo.

—¡Sayay!

Bajo el mismo pecho le clavó el asta, lo ensartó fácil, y comenzó a sacudirlo; le hacía dar vueltas.

—¡Yau, yau! —gritaron los indios, mirando cómo la sangre del layk'a corría por el pecho del toro y caía chorreando sobre el ischu.

El Misitu tropezó con el cuerpo del layk'a; venía derecho a los árboles; pisó el lazo de llama que estaba amarrado a la cintura del brujo, tropezó y abrió de una vez el cuerpo del layk'a, que cayó sobre el ischu, rajado de la barriga hasta la entrepierna.

—¡K'anra carago! ¡Mirdas!

Grueso, como voz de wakawak'ra grande, gritó el Raura. La rabia hervía en su pecho, y aumentó su voz, como si saliera de una bocamina. Tiró su lazo, bien, midiendo, sobre seguro, y lo enganchó en las dos astas, sobre la frente misma del Misitu. Cuando los k'ayaus abrieron bien los ojos, el Misitu se encabritaba saltando alto, y el Raura arrastraba el lazo, enganchado a una rama de k'eñwa.

—Dúnde, carago. ¡Yu, k'ari! ¡Yu, k'ayau! —pregonaba el Raura.

—¡Yastá! —gritó el varayok' alcalde, saltando al pajonal—. ¡Yastá, carago!

Él también, midiendo tranquilo, ensartó su lazo en las astas del toro, cuando Misitu estaba saltando, como loco, cuando estaba acercándose al k'eñwal, sin saber que ahí se acabaría. Sintiendo el otro lazo bramó el Misitu, bramó feo.

—¡Yastá llorando! ¡Carago!

El varayok' alcalde corrió al k'eñwal para asegurar el lazo en un tronco de k'eñwa. El Misitu lo miró y quiso correr a ese lado, pero el lazo del Raura templó su cabeza. El blanco de sus ojos estaba rojo ya, como sangre.

Entonces todos los k'ayaus bajaron al claro. Levantaron apurados el cuerpo de layk'a; lo llevaron bajo la sombra del k'eñwal y lo taparon con ponchos. El Tobías tocó wakawak'ra. Hasta el último de los comuneros, hasta el más mujerao, enganchó su lazo en la cabeza del Misitu. El toro empezó a zurrarse, con su cabeza plantada contra el tronco de k'eñwa, temblando, como un torillo común que está listo para que el capador le tumbe.

El varayok' alcalde, el Raura, el Tobías, el Wallpa, lo alistaron. Los lazos más grandes le engancharon bien en las dos astas, y soltaron los que no servían.

Mientras, de arriba y de abajo de la quebrada, fueron llegando los k'ayau; corrían el claro y llegaban junto al Misitu.

—¡Nu taita! —decían.

—¡Manan!

No querían creer.

—¡Ahistá Misitu! —señalaba tranquilo el Raura—. ¡Misitucha!
El Raura parecía desanimado.

Los k'ayaus se acercaron para mirar bien al Misitu. Era gateado, pardo oscuro, con gateado amarillento. No era grande, era como un toro de puna, corriente; pero su cogote estaba bien crecido y redondo, y sus astas gruesas, filudas, como raukana de tejedor. En su pecho y en la cara tenía sangre, chorreada hasta los cascos de las patas.

—¿Quién, taita? —preguntaban.

—Layk'a. Su vida ha pagado al Negromayo por Misitu.

—Pero va morir en Pichk'achuri, con dinamita.

Iban a mirar el cuerpo del layk'a. Estaba rajado, de arriba abajo; sus entrañas estaban depositadas junto al cuerpo.

Todo el claro del k'eñwal se llenó de indios. En un rinconcito, el Misitu temblaba. Los k'ayaus lo miraban, tristes. Era un animal de puna no más. ¡Ahí estaba! Bien amarrado, bien templado por el Raura, contra el k'eñwal. Ya no había rabia; estaban todos en silencio.

En ese instante alumbró el sol desde lo alto de la quebrada, saliendo por la cima de las montañas que orillan al Negromayo. Salió grande, iluminando las matas de ischu que crecen en el filo de la quebrada; aclaró el verde oscuro del k'eñwal; y de frente cayó sobre los ojos de los comuneros que estaban mirando al Misitu.

—¡Listo! —mandó el Raura.

Una tropita de k'ayaus, los más trejos, escogidos por el varayok' alcalde, se acercaron al Misitu. Cinco agarraron cada lazo. Eran seis lazos, tres para el arrastre y tres para el tiemple.

—¡Kachariy! —mando el varayok' alcalde, cuando los arrastradores estuvieron listos.

El Misitu quiso saltar adelante, pero los del tiemple le aguantaron.

—¡Ya carago!

—¡Chutay!

—¡Aisay!

En medio lo arrastraban. En vano se encabritaba, en vano quería jalar o voltearse. Señalaban el pajonal con sus cascos, arrastrándolo.

Y atrás, cerquita, le tocaban, triste, los wakawak'ras. La tropa de los k'ayaus iba tras de los corneteros. Con el ánimo tranquilo, más bien en silencio, como regresando de una faena corriente.

Subieron el falderío, por el pajonal, cortando distancia, para llegar temprano al camino, de frente a la hondonada.

Por detrás, un poco lejos, cuatro comuneros venían cargando, en camilla de k'eñwa el cuerpo del layk'a.

En un rato llegaron a la cumbre. El varayok' alcalde ofrendó aguardiente al k'eñwal de Negromayo, en nombre del Misitu. Era pues la querencia del sallk'a. Ya no habría Misitu en el k'eñwal. Tranquilo quedaría el monte. Los carneritos también bajarían a tomar agua al río. K'oñani quedaría tranquilo. K'oñani, Osk'onta, Tak'ra, Tinkok'… todo, todo. Tranquilos andarían en las punas de ese lado, «en de noche y en de día». El miedo grande se llevaban los k'ayaus; ahí estaba, amarrado, caminando arrastrado hacia la quebrada. Ya no regresaría de adentro. Silencio habría en la puna. El nombre del Misitu había andado hasta Chalwanka, hasta Coracora, hasta Pampachire; en toda la altura, en los pueblos de Lucanas para afuera, habían asustado con la fama del Misitu.

—Dice amarrau, como a pierro, los k'ayaus lo habían arrastrado —dirían en todas las estancias y en los pueblos.

Hasta las criaturas entrarían ya a Negromayo, de frente. Antes lloraban, cuando se les anochecía a dos leguas del k'eñwal.

¡Cuánto, cuánto hablarían de los k'ayaus en la altura! Año tras año, año tras año, quizá nunca acabarían de contar la llegada de los k'ayaus; su entrada al k'eñwal sería contada por los viejos, hasta el fin del mundo.

—Amarrau lo llevaron. Tranquilo se quedó el k'eñwal.

El varayok' alcalde sabía. Casi media botella de aguardiente derramó en el filo de la quebrada como ofrenda. En su corazón, en su conciencia, y hablando con respeto, les pidió perdón a Negromayo, al taita Ak'chi: «¡Taitay, tu animal estoy llevando! ¡Tu Misitu! ¡En Pichk'achuri va jugar para el ayllu grande, para K'ayau; para tus criaturas!».

Los k'ayaus sabían, estaban adivinando la oración del vara-yok' alcalde; y ellos también miraron al gran nevado; agacharon su cabeza y le pidieron licencia.

Mientras, el Misitu esperaba. De frente y de atrás le templa-ban los lazos para que se detuviera un rato en la cima.

A saltos lo bajaron hasta la hondonada; le hicieron llegar al camino. De legua en legua se reemplazaban para arrastrarlo.

Anocheciendo, llegaron al abra de Pedrork'o. En la sombra, Puquio se veía grande. El ayllu K'ayau frente a Pichk'achuri, y en la plaza de Pichk'achuri, junto a la pared del coso, la placita del Vicario, como una especie de corralito de encerrar becerros; viéndolo, los k'ayaus se rieron. El coso estaba ya lleno de gana-do; los otros ayllus habrían hecho llegar los toros bravos. En el ayllu de Chaupi, de la pila grande, al pie de Makulirumi, la pam-pa estaba repleta de indios; negro se veía el suelo.

—¡El Tankayllu estará bailando! —dijo el Raura.

Ya era la víspera. Era el Tankayllu, seguro. Con su ropa nue-va estaría entrando al jirón Bolívar.

El Raura tocó su wakawak'ra; todos los corneteros de K'ayau tocaron en la cumbre. El Misitu esperaba, cansado, flojo ya, bien atrincado por los treinta laceros.

Claro y limpio, vieron revolverse a los indios en la plaza de Chaupi, mirar el cerro, y correr, arriba y abajo. Se despejó la pla-cita. Pero el Tankayllu, era él, seguro, entró al jirón Bolívar con una tropita de chaupis.

—¡Tankayllu! ¿Cuándo asustando?

El varayok' alcalde saludó al pueblo, derramando en el abra me-dia botella de cañazo. Miró después al lado de Chipau, por donde vive el jatun auki, el k'apak' K'arwarasu. Todos los k'ayaus se qui-taron el sombrero.

—¡Taita! ¡Jatun taita! —dijo—. Aquí está tu ayllu, entero. Por tu voluntad. Ahistá Misitu, tu animal. Para ti vamos a capear en Pichk'achuri, con rabia grande, para que seas cuidante de K'ayau, sempre. ¡Gracias, jatun auki!

Y voltearon el abra. Antes de medianoche llegarían.

* * *

Cuando el varayok' alcalde estaba hablando al auki, el vaquero Kokchi llegó a la casa de don Julián. Entró corriendo. Don Julián se estaba paseando en el corredor del patio.

—¡Taitay! ¡Misitu! Ya está bajando cuesta. Atrincado, taita, como toro ladrón.

Don Julián se paró en seco.

—¿Misitu has dicho?

—Sí, patrón. Lo' han agarrao. Ya está bajando la cuesta. Con seis lazos están arrastrando.

—¿Y cuántos indios ha matado?

—Nenguno, creo, patrón. Una camilla no más está viniendo.

Don Julián se quedó pensativo. Los k'ayaus habían entrado al k'eñwal. Se habían atrevido los indios.

—Han estropeau a tu Misitu, patrón. Como a chusco ladrón, han arrastrau. Como a pierro. ¿Ensillaré overo, patrón? ¿Ensillaré?

Entonces era cierto. En los ojos de Kokchi estaban por saltar las lágrimas.

—¡Vamos, papay!

El vaquero se desesperaba. Arañaba con sus uñas la piedra blanca del pilar.

—¿Ensillaré el overo, patrón?

Sabía que en el overo, don Julián podía subir la cuesta en una hora, que encontrando a los k'ayaus miraría con rabia al varayok' alcalde; y de un solo tiro haría soltar los lazos. El Misitu se regresaría. Quizá ni pensaría en corretear a los k'ayaus, se iría, de frente, por los cerros, hasta su querencia.

Pero don Julián no se decidía. Los concertados y los mayordomos se reunieron en el patio, junto al vaquero.

—Seguro, lo están bajando ya de Pedrork'o.

—Seguro, patrón.

—He perdido diez docenas de cerveza —dijo don Julián.

—¿Lo va'usté a dejar, patrón? —preguntó el Fermín.

—¿Acaso el Misitu ya es de mí? Es de K'ayau. Si lo han traído, lo han traído. Mañana destripará a los k'ayaus, destripará al torerito. Se vengará en la plaza. ¡Kokchi! Tu Misitu no vale, lo han amarrau los k'ayaus. Ándate a la cocina, a llorar.

—¿Lo va' usté a dejar, patrón? —volvió a preguntar el Fermín.

Don Julián bajó al patio; se acercó, tranquilo, donde el Fermín.

—¿Y tú me preguntas, mujerao de mierda?

De un solo puñetazo lo tumbó al suelo.

—¿Ya no te acuerdas que corriste del k'eñwal como una gallina?

Y lo revolcó a puntapiés en todo el patio.

—¡Nu, patroncito! —rogaba el mayordomo.

Pero el patrón no lo dejaba levantarse. Cada vez que intentaba pararse, le hacía hociquear el suelo a puntapiés.

Lo dejó como muerto, tumbado cerca de la puerta del zaguán. Y salió a la calle.

La señora hizo cargar al Fermín hasta el corredor. Pero mientras don Julián pateaba a sus mayordomos, toda la casa guardaba silencio.

Don Julián se fue derecho al cuartel. Quería anunciarle a don Pancho que los k'ayaus arrastraban ya al Misitu por el cerro.

El jirón Bolívar estaba en silencio, las tiendas cerradas. En las callecitas angostas, los faroles ardían humildes en el oscurecer del crepúsculo. Don Julián llegó apurado a la plaza. Junto a la pila grande había una rueda de indios; el corredor de la subprefectura estaba lleno de principales. Los indios y los vecinos se revolvieron, viendo llegar a don Julián.

De entre la indiada apareció el Tankayllu. Tocó fuerte sus tijeras de acero; bailando diestramente avanzó a la esquina, como para dar alcance a don Julián. Un cuero de gavilán se mecía en la cabeza del danzante; sobre la pana verde de su pantalón brillaban espejos; en su chamarra relucían piñes de color y vidrios grandes de lámpara.

Antes de que el dansak' le hablara, don Julián le tiró un billete de a libra.

—Misitu está viniendo —le dijo—. Preparen recibimiento.

Y pasó rápido.

En el corredor de la subprefectura, los mistis se acercaron unos a otros; parecían consultarse, mientras don Julián se acercaba. Cuando ya estaban para llegar a la puerta del cuartel, todos se quedaron en su sitio, como esperando. Don Julián no miró siquiera a los principales, entró de frente al cuartel. Estaba el Cabo sentado junto a la mesita de la prevención.

—Quiero ver al señor Jiménez.

—No se puede, señor. Hay que pedir permiso al Subprefecto. Suba usted al despacho, ahí está.

—Iré.

Los mistis vieron a don Julián caminar rápido, pegado al muro de la subprefectura. Iba hacia la escalera para subir al corredor.

—Éste es el único verdaderamente peligroso, señor. Es la ocasión; si no lo mete preso, después puede ser tarde.

El estudiante Escobar hablaba despacio, casi a la oreja del Subprefecto.

—Hay que sentarle la mano. Una vez adentro, todos sus enemigos, todo Puquio, tomará valor, le apoyarán. ¡Atrévase, señor!

Sintieron los pasos en la escalera, y apareció la cabeza de don Julián en el corredor; siguió subiendo. Y saludó desde la escalera.

—Señores, buenas tardes.

Le contestaron. Don Julián vio entre los vecinos al estudiante Escobar, a Guzmán, al chofer Martínez, a Tincopa, a Vargas... todos «mestizos renegados», como él decía; los cabecillas del «Centro Unión Lucanas». Le dio rabia. «¡Estos k'anras! ¿A qué habrán venido?», habló sin que le oyeran. Y avanzó tranquilo. Los principales y los mestizos estaban como en tropa, a lo largo del corredor. El Subprefecto, el estudiante Escobar, don Demetrio, don Antenor, y un hombre desconocido, rubio y medio sucio, estaban adelante.

—Señor Subprefecto, vengo a pedirle venia para entrevistarme con el señor Jiménez.

Habló don Julián, como a tres metros de distancia. La luz del crepúsculo todavía tenía fuerza para marcar la sombra de Arangüena en el suelo del corredor.

—¿Puede usted decirme la urgencia que tiene de hablar con el señor Jiménez?

—Claro, señor. No es de peligro. Voy a decirle no más que me ha ganado la apuesta, y le voy abrazar. Los indios k'ayaus, a esta hora, están arrastrando al Misitu por la cuesta de Pedrork'o.

—Y esta circunstancia ha frustrado la realización de los números de la víspera; por ejemplo, el paseo de antorchas de los escolares.

—¡Por qué, señor! ¡No, pues! No hay que asustarse; el Misitu viene amarrado.

—¿Y usted cree, don Julián, que los escolares son brutos como usted, y no tendrán miedo con la llegada de un toro bravo?—. Escobar habló en voz alta, antes de que el Subprefecto contestara, y como para dar valor a todos.

—No te acuerdas pues de tus tiempos, Escobarcha —contestó don Julián—. Tú seguro hubieras zurrado de miedo, pero los muchachos de ahora tienen pantaloncitos. Este señor será el torero, ¿no? Él más bien debía asustar.

—Usted, don Julián, es un gamonalcito de porquería. ¡Nada más!

Hablando, hablando, el chofer Martínez se abrió campo, desde atrás, y salió, hasta ponerse junto al Subprefecto.

—¡Un ladrón que se anda libre en las calles!

Don Julián pestañeó. ¿Quién carajo le había dicho eso en Puquio? Su lunar se redondeó, el corazón le pesaba como plomo, le ardía.

—¡Indio k'anra! ¡No le tendrás miedo al infierno cuando le hablas así a tu werak'ocha! —gritó.

Y en su conciencia, en su corazón ardiendo, decidió la suerte del chofer.

—¡Silencio! —el Subprefecto se adelantó un paso frente a don Julián—. ¡Aquí no se amenaza a nadie! ¡Están frente a la autoridad! Don Julián, tiene usted cinco minutos para hablar con el señor Jiménez. ¡Váyase!

Don Julián se volteó rápido; a tranco largo pasó el corredor, y bajó la escalera. El Subprefecto miró desde las barandas; don Julián se dirigió al cuartel, y entró. Entonces, él también, la autoridad, corrió, bajo las gradas, a escape. Cuando llegó a la prevención, ya el Cabo había hecho entrar a don Julián hasta el patio del cuartel, y estaba abriendo el cuarto donde encerraban a don Pancho. Esperó que Aranguena entrara al cuarto. Después fue al patio y llamó al Cabo.

—¡Encierre a los dos! ¡Ahora mismo! —ordenó.

Fue con dos guardias. Y mientras el Cabo apuntaba con su pistola hacia el interior del cuarto, los guardias cerraron la puerta.

—Apuesto mi cuello que el Subprefecto está ordenando la prisión de Arangüenita —dijo el «Obispo», cuando el Subprefecto bajó a carrera las gradas.

—¡Algún día! —dijo el chofer Martínez—. Cuando salga será el asunto.

Don Antenor, don Demetrio, don Gregorio, don Félix, no hablaban, estaban como reducidos; miraban al estudiante Escobar, al «Obispo», a Martínez, al torero; se miraban entre ellos; parecían sorprendidos. Esos chalos acababan de llegar y, sin embargo, se movían junto al Subprefecto, como los más principales; los miraban a ellos, a los vecinos notables, como a gente igual. El Martínez, el Vargas, el Escobarcha... ¿No estaban todavía vivos sus padres, andando rotosos en los barrios y en el jirón Bolívar? ¿De dónde habían sacado ese aire de orgullo, esa resolución que les daba valor para enfrentarse a don Julián, para mirar con tanto dominio a los principales del pueblo? Estaban medio aturdidos los mistis; miraban, disimulando, como envidiosos, a los comisionados del «Centro Unión Lucanas». Pero los medio mistis que estaban en el extremo del corredor, estiraban el cuello para mirar al Martínez, a Guzmán, al estudiante. ¿Haberle parado así a don Julián? ¿Haberle dicho «ladrón», sobre frío y delante de la autoridad? Hubieran querido abrirse campo y abrazarle, acompañar a ese indio, que había aprendido el castellano para decirle la verdad al más gamonal de Puquio. Y veían claro el desorden que había en la conciencia de los otros principales: veían cómo don Antenor se daba vuelta, sin saber qué hacer, y miraba al suelo.

—Esto comienza con gresca —habló el torero—. ¡Mala seña!

Sintieron los pasos del Subprefecto que subía la escalera. El estudiante Escobar se acercó a las gradas para recibirlo.

—Señor Subprefecto, mis felicitaciones. Alguna vez veo una autoridad enérgica y justiciera.

El estudiante estrechó la mano del Subprefecto. ¿Con qué nombre, como quién, felicitaba así, con tanta prosa, al Subprefecto? Los principales se sintieron ofendidos. Todos los del «Centro Unión Lucanas» rodearon al Subprefecto, hablándole en alta voz.

—¡Por fin vino quien tenía que ajustarle las clavijas a ese bandolero!

—Señor Subprefecto, usted ha dado un buen ejemplo al pueblo.

El Subprefecto llegó donde los mistis.

—Y… ¿Qué les parece? Ya está el diablo embotellado.

Pero los vecinos no contestaron rápido.

—¿No dirá usted, don Antenor, que el señor Arangüena era un santo? —preguntó el «Obispo».

—Está bien, señor Subprefecto. Con tal de que esta medida no le traiga perjuicios…

A don Antenor le costó trabajo hablar.

—¿Conviene o no conviene para el cumplimiento de la circular? —preguntó con voz fuerte Escobar.

—Sí, claro, don Julián quizá hubiera alborotado por lo de su toro. Pero… ¿quién no conoce a don Julián?

—¡Está bien, señor Subprefecto!

—¡Está muy bien¡ ¡Nosotros apoyamos!

Hablaron en voz alta los últimos mistis, los que estaban junto a la pared del extremo.

—Sí, señores. Y el Gobierno no le teme a nadie. Eso hay que recordar. ¡El Gobierno manda! El que se opone a las disposiciones del Gobierno, se revienta. Mañana el diestro toreará tranquilo. Y ahora, ocupémonos de que la entrada de ese toro no produzca trastornos.

—Iremos a eso, señor Subprefecto. ¡Con su permiso!

El estudiante Escobar y los otros comisionados del «Centro Unión Lucanas», se despidieron del Subprefecto.

—Buenas noches, señores. Y véngase con nosotros, Ibarito. Irá usted a conocer a su enemigo más bravo.

Se fueron. Ya la plaza estaba oscura; en el farolito de la esquina la mecha ardía llameando; por los vidrios del farol salía la luz amarillenta, opaca, y temblaba en la pared blanca de la esquina. Escobar y su grupo entraron a la plaza y se acercaron a la pila del centro.

—Nosotros también nos vamos, señor Subprefecto —dijo don Antenor.

—Váyanse tranquilos; he destacado al Sargento con dos parejas de guardias para que vigilen la entrada de ese toro.

Se despidieron los mistis. En la plaza se dividieron en grupos. Don Antenor se fue con los vecinos más notables. Hablaban.

—Ese Escobarcha es sospechoso. ¿No pensará levantar a la indiada? ¡Qué golpe le ha dado a don Julián!

—Estos cholos leídos son de peligro.

—El Gobierno no debiera consentir que entren a la universidad.

—Así el país anda sobre candela.

—Tendremos que buscar la forma de reventarlo.

—¡Y es vivo ese Escobarcha! Se ha embolsillado al Subprefecto.

—Pero felizmente conocemos el débil del iqueño. ¡Cuestión de unos realitos!

—Lo que es al Martínez, tarde o temprano, don Julián lo hará desollar vivo.

—Eso es asunto arreglado.

Se fueron hablando en secreto.

✳ ✳ ✳

Ibarito no quiso ir, en la oscuridad, a ver la llegada del toro.

—Ya sé cómo son estos toros famosos de la sierra; o unos rejugados que se plantan en media plaza y esperan que uno meta el cuerpo hasta el hocico para embestir; o son unos pobres espantones, que corretean en toda la plaza y huyen de la capa como del diablo. Mejor me quedo descansando en el hotelito. Mañana veré lo de la plaza. Ya me entenderé también para despachar a ese «Mesito», o no sé qué tantos.

Lo dejaron irse.

Todos los delegados del «Centro Unión Lucanas» se dirigieron a Yallpu. Tenían que pasar por el jirón Bolívar, entrar al ayllu Chaupi, y salir por ese lado al camino de K'oñani. Cuando oyeron los wakawak'ras que los k'ayaus tocaron en la cumbre de Pedrork'o, y los indios corrieron a los ayllus, anunciando que los k'ayaus estaban llamando desde el camino, cerraron las puertas de las casas y las tiendas en el jirón Bolívar. Las señoras y las niñas hubieran querido ir a conocer al torero. La noticia de su llegada había cundido entre todos los vecinos, desde que el carro de Martínez entró a la plaza, con los delegados del «Centro Unión Lucanas». Pero cuando el torero y los del Centro «Lucanas» se dirigían a la subprefectura para saludar a la autoridad, llegó, desde la cumbre, el canto de los wakawak'ras; y los vecinos también corrieron a la subprefectura, para tomar acuerdo. Era seguro que los k'ayaus traían al Misitu, por eso el varayok' alcalde hacía avisar la llegada del ayllu, desde la cumbre. Pregonaban desde el abra, que bajaban trayendo al toro.

Y el pueblo quedó en silencio, asustado. Los pichk'achuris correteaban en el ayllu; los varayok's se afanaban, hablando, como si hubieran tocado a rebato en las campanitas del ayllu, anunciando peligro. Y la sombra avanzaba sobre el cielo, apagando las nubes amarillas del crepúsculo. En las callecitas de los barrios, en los pampones, en las plazas de los ayllus, corría la gente. Las mujeres de K'ayau salían de las casas y miraban el cerro; se llamaban entre ellas.

—¡Yastá Misitu! De Pedrork'o está bajando.

—Amarrau estará bajando.

Y cuando oscureció y comenzó la noche, hasta los pichk'achuris se metieron a sus casas.

—En de noche su lengua arde, dice —hablaban, recordando al Misitu.

Sólo el Tankayllu seguía bailando de esquina en esquina. Un grupo de chaupis lo acompañaba; miedosos, procuraban llevarlo de K'ollana, lejos del camino de Yallpu. Como nunca, el Tankayllu bailaba en silencio, casi para nada. Sus tijeras de acero sonaban lejos en el barrio oscuro; el arpa y el violín que tocaban la danza, también lloraban fuerte en el silencio. ¿Cuándo el dansak' grande había bailado así en el descampado?

—Con diablo es compadre, por eso nu asusta —decían, cuando el repique de sus tijeras pasaba por las callecitas y los pampones de los barrios.

Ni en la pila de Chaupi encontraron gente los comisionados del Centro «Lucanas». Allí acababan los farolitos. En la calle Derecha comienza el ayllu Chaupi; y desde allí ya no ponen faroles; todo es oscuro, durante las noches sin luna. Sólo en la puerta de la capilla, colgando del dintel, prendía un farolito de pergamino; estaba allí no para alumbrar sino como señal de la capilla. En la oscuridad el farol de cuero se veía como en sueños, suspendido en el aire.

—Necesitaríamos mil años para salvar a los indios de las supersticiones —dijo Guzmán, viendo la plaza de Chaupi, del ayllu más alegre, negra y triste, en plena víspera del 28.

—Depende, hermano. Un Gobierno amigo, un Gobierno de nosotros, por ejemplo, arrancaría más pronto, mucho más pronto, este miedo del indio por la tierra, por el cielo, hasta por las quebradas y los ríos. Nosotros conocemos su alma, nosotros les iluminaríamos de cerca. ¿Pero qué quieres, hermano, con gobiernos que apoyan a todos los gamonales de corazón duro y bestia, como don Julián Arangüena? Estos empujan cada vez más, y de propósito, con cálculo infernal; empujan al indio a arraigarse en esa vida oscura, temerosa y primitiva; porque eso les conviene, porque por eso mandan y gobiernan. Y son gente poderosa, hermanos, porque también ellos conocen el alma del indio, tanto quizá como nosotros, y hacen lo contrario de lo que podríamos hacer nosotros. Ellos precipitan al indio hacia lo oscuro, al temor, a eso que en la universidad llamamos «el temor mítico». El indio ve al K'arwarasu; las nubes que rodean su cumbre son siempre oscuras, imponentes; y parece que allí empezara siempre la tormenta. ¿Qué dice el indio contemplándolo? Se arrodilla, su corazón tiembla de miedo, y los terratenientes, los mismos curas, toda la gente que los explota, que hace dinero a costa de su ignorancia, procuran confirmar que este miedo del indio por las grandes fuerzas de la tierra, es bueno y es sagrado. ¡Pero si nosotros fuéramos Gobierno, hermanos! ¿Que pasaría? Romperíamos las causas que han hecho sobrevivir por tantos siglos el primitivismo y la servidumbre.

En la calle Derecha, en el ayllu oscuro y silencioso, la voz del estudiante se oía fuerte. Los mestizos, los «lima chalukuna», que iban con él, le escuchaban callados. Escobarcha se sentía libre para hablar, así, en el ayllu tranquilo y oscuro; su corazón se enardecía, cada vez más, a medida que iba hablando; un entusiasmo ardiente agitaba su sangre, y sentía como si una ternura grande le entibiara los ojos.

—Cuando supe que K'ayau iría por el Misitu, tuve pena y rabia. Sería un degolladero de indios. Pero ahora que vamos en alcance del ayllu, quisiera gritar de alegría. ¿Saben, hermanos, lo que significa que los k'ayaus se hayan atrevido a entrar a Negromayo? ¿Que hayan laceado al Misitu y que lo arrastren por toda la puna hasta la plaza de Pichk'achuri? Ellos lo han hecho por orgullo, para que todo el mundo vea la fuerza que tienen, la fuerza del ayllu, cuando quiere. Así abrieron la carretera a Nazca; por eso, ¡150 kilómetros en 28 días! Como en tiempos del Imperio. Algunos estudiantes decían en Lima: «¡Indios estúpidos, trabajan para que sus explotadores se beneficien!». ¡Mentira! ¿Por dónde fuimos a Lima nosotros? ¿Por dónde hemos venido ahora? ¿Por qué puedo hablar yo con esta conciencia que tengo? Yo encontré la forma de iluminar mi espíritu para servir la causa de ellos, de los ayllus, llegando a Lima, por el camino que ellos abrieron. Todos nosotros, hermanos. El chofer Martínez, del ayllu K'ollana, el indio Martínez, acaba de castigar para siempre al gamonal más terrible de Lucanas. ¿Cómo? Los mistis pestañearon de miedo, cuando el indio k'ollana le dijo «ladrón» al más fuerte de los principales. Si no hubiera sido por ese camino… ¿qué importa que el Misitu haya destripado a diez, a veinte k'ayaus? Si al fin le han echado lazo a las astas y están arrastrándolo como a un sallk'a cualquiera. ¡Han matado a un auki! Y el día que maten a todos los aukis que atormentan sus conciencias; el día que se conviertan en lo que nosotros somos ahora, en «chalos renegados», como dice don Julián, llevaremos a este país hasta una gloria que nadie calcula.

Estaban ya en el extremo del pueblo. Las palabras del estudiante caían como fuego en el espíritu de los mestizos del «Centro Unión Lucanas». En ese instante, ellos solos, hubieran peleado por la causa de los ayllus, contra el mundo entero.

Pasaron el riachuelo saltando por las piedras, al cálculo. Casi todos chapotearon en el agua. El «Obispo» resbaló largo sobre una piedra y cayó sentado en medio del riachuelo.

—Me hubieras alcanzado tu barriga, Monseñor; te la hubiera pasado por delante —le gritó Vargas.

—Felizmente sopla buen viento, y te secará en un rato la sentadera.

—¿Caerse nuestro «Obispo»? Capaz es mala seña.

El «Obispo» acabó de cruzar el agua con dos buenos saltos, y se puso en primera línea para subir la cuesta.

—Ustedes son puro pico. Veremos en la cuesta quién suda antes.

Y a tranco largo empezó a subir el cerro por el camino real.

El viento sacudía las ramas de los arbustos y de las hierbas; hacía bulla en el suelo, arrastrando el pasto y las hojas, levantando la tierra del camino y de los falderíos resecos. En el cielo limpio, negro y hondo, brillaban libres las estrellas; parecían oír el canto de los grillos. El ladrido delgadito de los perros chuscos llegaba claro desde los ayllus. Los faroles del jirón Bolívar se veían desde el cerro, en el negro duro de la noche: inmóviles, de trecho en trecho, chiquititos, en hilera, como en los cuentos. Y el sonido del riachuelo que bajaba del cerro, llorando en el silencio.

—¡Nuestra tierra, «Obispo»! ¿Oyes? El agua, los grillos y los perros, levantando su canto hasta todos los cerros. ¿No aumenta tu cariño por nuestra tierra, cuando andas de noche por estos cerros?

—Sí, hermano. Estaba recordando no sé cuántas historias que me han pasado.

—Yo estaba recordando las noches que he dormido en las eras de trigo de K'ollana.

—Todo lo recuerda uno, cuando anda de noche en estos cerros.

—Y miren a Puquio. Sus farolitos parecen de juego.

—¡Lindo, nuestro pueblo!

—Siquiera los farolitos sirven para que veamos a nuestro pueblo desde las alturas, aunque sea noche oscura.

Casi de repente, sintieron el ruido que los k'ayaus hacían arrastrando al Misitu.

—¡Están viniendo!

—¡Ya están cerca!

—¿Oyen?

No sólo se oía el ruido de las ojotas resbalando en el cascajo; el hablar de los k'ayaus llegaba ahora, bien claro, más grande y extenso que la bulla de los cabildos. Y sobre el ruido de las voces, que parecían como el hablar del cerro, los gritos de mando de los arrastradores llegaban más fuerte:

—¡Aisay!

—¡Chutay!

—¡Sayay!

—¡Sujetay!

Los mestizos salieron del camino y se pararon sobre el cerco del potrero que orillaba todo el camino, hasta la cumbre.

—Esperaremos aquí. Más arriba se angosta el camino —aconsejó Martínez.

La bulla que los k'ayaus hacían en el cerro, se acercaba despacio. Parecía que ya estaban muy cerca, pero demoraban. Los mestizos del Centro «Lucanas» ya no hablaban; miraban el camino que la luz de las estrellas marcaba apenas entre los arbustos y el pasto seco.

—¡Ya están cerquita!

—¡Ya! ¡Ahora sí!

Y los arrastradores salieron, unos tras de otros, como sombras chicas.

—¡Chutay, carago!

—¡Chutay k'ayaucha!

El cerco estaba como a diez metros del camino. Ni los arrastradores ni el Misitu vieron a los mestizos. El Misitu iba con la cara de frente al camino, y los arrastradores jalaban, cuidándose.

—¡Ahí está el Misitu!

—¡El auki preso, hermanos!

Cuando pasaron los arrastradores y el toro, apareció, llenando el camino, la tropa grande, los k'ayaus. Todos los chalos saltaron al camino.

—¡Taitay alcalde! ¡Está bin!

—¡Viva el ayllu K'ayau, hermano!

—¡Que viva!

Corrieron. Los k'ayaus se pararon en seco.

—¡Escobarcha soy, alcalde!

—Martinizcha, k'ollana.

—Guzmán, chaupi.

—Vargas, pichk'achuri.

—Rodríguez, chacralla…

El estudiante abrazó al varayok' alcalde.

—¡Está bin taita! ¡K'ayau es ayllu grande, sempre!

Los otros mestizos abrazaron a los comuneros, sin escoger. A Martínez le tocó el Raura. Se reconocieron.

—¡Mak'ta Raura!

—¡Taitay Martínez!

Y se abrazaron largo rato.

—¡Jatun Raura! Como pierro, ¡caray!, está yendo Misitu. Hombre, ¡caray!, ayllu K'ayau.

—¡Vamo, vamo! —gritó Escobar.

—¡Que viva K'ayau!

—¡Que viva! —ahora contestaron todos los comuneros.

—Puquio está parece panteón. Ayllu K'ayau asustando a Puquio, a principales, a pichk'achuris. ¡Todo, todo!

El varayok' alcalde y los comuneros se rieron, contentos. De atrás atropellaban, para ver quiénes habían entrado a la punta. Los mestizos se repartieron; fueron esperando, y entraban a la tropa, de distancia en distancia. A Rodríguez le tocó quedarse con los últimos, junto a los camilleros del layk'a. Todos ellos contaron a los k'ayaus que el pueblo estaba en silencio, que no había habido paseo de antorchas, ni castillos en la plaza; que el dansak' Tankayllu estaba bailando solito en todos los barrios, que estaba tocando su tijera en el silencio, como en pueblo muerto. Los k'ayaus se reían. ¡Eso habían querido! Asustar a Puquio. Ser mando, aunque fuera por un día, en todo el pueblo.

—¡Jajayllas, carago!

Algunos tenían las manos rajadas. Todos los que iban atrás ya habían pasado su turno, y a muchos el lazo les había desollado la palma de las manos.

Levantaban polvo en el camino. Todos hablaban. Los del Centro «Lucanas» tuvieron que emplear maña para que los comuneros no preguntaran por don Julián. Todo el rato, los mestizos averiguaron sobre el laceo del Misitu, sobre la entrada a Negromayo, sobre los k'oñanis. Los k'ayaus decían que el auki K'arwarasu había favorecido al ayllu. Que de repente no más, fácil, el Raura había laceado primero al Misitu. Pero que, seguro, por respeto y por amistad al taita Ak'chi, el auki K'arwarasu había pagado el Misitu con la sangre de su layk'a. Los k'ayaus preguntaban por la carretera, por los pueblos de la costa; algunos querían saber de Lima. Y de esto hablaron largo los mestizos. Después, hablaron también un poco de los aukis. Quisieron hacer entender a los k'ayaus que Misitu había caído porque los comuneros estaban decididos, porque el Raura tenía valor, porque el hombre podía vencer siempre a los sallk'as. Los k'ayaus parecían creer. Pero los mestizos sabían que no era fácil, que los comuneros estaban seguros que el gran K'arwarasu había protegido al ayllu, y que todos morirían adorando al auki, como al padre del ayllu.

Desde la cabecera de la tropa gritó el varayok' alcalde:

—¡Turno! ¡Cambio!

Martínez estaba junto al Raura.

Se adelantaron treinta indios.

—¡Para, para!

Los arrastradores aguantaron al toro; jalando de atrás y de adelante.

De repente, Martínez saltó y se alineó junto a los del turno.

—Oye, Escobar, yo voy a arrastrar a nombre del Centro.

—¡Yo también!

—¡No, hermano, te reventarías las manos! Mañana tienes que hacer frente por nosotros. Yo soy el más indio, y tengo derecho.

—¡Taitay alcalde!

Entre los dos pidieron que Martínez reemplazara a un comunero. El varayok' dudó un rato.

—¡Agarra brazo, taita! ¡Por K'ollana voy arrastrar!

El varayok' alcalde calculó los músculos del chofer.

—Está bien —dijo.

Los dos sintieron en la voz del varayok' la alegría del indio, porque un mestizo amigo, un «Lima chalo», entrara con el ayllu.

El chofer abrazó al varayok' y se alineó con los del turno. Un comunero salió de la fila.

El varayok' alcalde puso a Martínez entre los arrastradores. Dieron una vuelta, por tras el cerco, para hacer el cambio.

El riachuelo estaba cerca ya. Era el último turno. Los farolitos del pueblo se veían más claro.

A Martínez le tocaba hacer entrar al toro hasta el coso de Pichk'achuri. El toro jalaba fuerte a veces, y el lazo ardía. Pero allí, hombro a hombro con los k'ayau, se sentía orgulloso, como nunca; su brazo aguantaba bien y arrastraba con furia.

—¡Buena, taita Martínez!

—¡Ahura sí! ¡Eso sí!

—¡Chutay!

—¡Aisay!

Los comuneros que jalaban con él se dieron cuenta de la fuerza con que el chalo arrastraba.

—¡Ahura sí! —le gritaban.

—¡K'ayau premero, sempre!

Los otros arrastradores jalaron también con furia. Y el Misitu resbalaba en el cascajo, arando el suelo con sus patas.

Cuando llegaron a Yallpu, el Raura dio la señal con su wakawak'ra. Todos los corneteros tocaron de un golpe. El Misitu quiso encabritarse, pero le hicieron saltar el riachuelo, y lo arrastraron a carrera por el callejón de entrada al pueblo.

Por el callejón ancho salieron al ayllu Chaupi. El blanqueo de las paredes orillaba la calle derecha. Gritaron los arrastradores, entrando al pueblo:

—¡Aisay!

—¡Chutay, carago!

—¡Sujetay!

Los wakawak'ras tronaron grueso contra las paredes de la calle, los perros salieron ladrando con furia. Los k'ayaus corrían tras de los arrastradores, empujaban las puertas con sus cuerpos.

—¡Yauúú! —llamaba el varayok' alcalde.

Entraron a la plaza de Chaupi; pasaron por la puerta de la capilla, quitándose el sombrero. El farolito estaba prendido todavía.

—¡Que viva K'ayau! —gritó Escobar en castellano y lo más alto que podía.

—¡Que viva! —contestaron los k'ayaus.

Por detrás iban corriendo los guardias civiles que esperaron a la entrada del pueblo; corrían con sus rifles al hombro, tragando el polvo que los k'ayaus levantaban del suelo.

Los chaupis salieron a la calle, decididos, cuando oyeron la carrera de los k'ayaus. Siguiendo a los guardias, ellos también corrieron. Los «civiles» iban entre la indiada, sofocados; por detrás y por delante corría una tropa negra de comuneros, llenando de pared a pared todas las calles.

—¡Qué vaina! ¡Estamos fregados! —rabiaban y maldecían.

E iba aumentando tras de ellos la indiada. De todas las calles llegaron, los chaupis primero, despues los k'ollanas; corrían, ganándose; pasaban junto a los «civiles» por tropas.

Y el cielo seguía oscuro; apenas, tras del abra de Sillanayok' alumbraba la claridad que anuncia a la luna; y las estrellas iban perdiéndose en el reflejo que la luna irradiaba desde dentro del cielo, por el filo del abra.

Entraron a la plaza grande de Pichk'achuri. El varayok' alcalde, Escobar y los varayok's regidores corrieron a la puerta del coso. Abrieron la puerta, y los otros toros se revolvieron junto a la pared del fondo. Los arrastradores llegaron al coso. Cuando el Misitu entró al corral, los arrastradores corrieron a la otra puerta, la que daba a la plaza del Vicario. Martínez la abrió, y entraron al ruedo, cerraron la puerta y amarraron los lazos a uno de los troncos de eucalipto que sostenía los palcos. Dejaron al Misitu con el hocico pegado a la puerta de eucaliptos, listo para arrancar al ruedo.

La plaza fue llenándose de indios. Con un farolito de panza de carnero, salió por la esquina de la capilla, el varayok' alcalde de Pichk'achuri; andando despacio se dirigió a la puerta del coso. Le hicieron campo.

—¡Taitay alcalde!

—¡Taitay alcalde!

Se saludaron los dos varayok's. La lumbre del farol apenas llegaba al suelo.

—Ahistá Misitu, taita —dijo el de K'ayau, y abrió la puerta del coso.

—¿A ver?

El varayok' alcalde de Pichk'achuri entró al coso, tras de él fueron los regidores de K'ayau y el alcalde, Escobar, Guzmán, Martínez, el Raura... Llegaron junto al sall'ka. El varayok' alcalde de Pichk'achuri levantó alto su farolito. El gateado del Misitu se vio, su cogote ancho; su trasero, todo zurrado, su rabo sucio; sus cuernos grandes, rozando la puerta de entrada al ruedo.

—¡Está bin, taita! ¡Está bin, k'ayaus! —Y el varayok' alcalde de Pichk'achuri se volvió para regresar a la plaza. Le siguieron todos. El farolito avanzó despacio en el coso, y desembocó a la plaza grande. Estaba llena ya, de todos los indios de Puquio. Se empujaban hablando. El varayok' alcalde de K'ayau se quedó cuidando la puerta del coso.

—¡Campu! ¡Campu! —gritaron desde la esquina del frente, por la entrada de K'ayau.

Más fuerte que la bulla de toda la plaza, se oyó alto y limpio, las tijeras de acero del Tankayllu.

—¡Campu! ¡Mak'ta Tankayllu está entrando!

Se callaron un poco, y las tijeras del bailarín sonaron en la plaza, como si estuviera lloviendo acero del cielo. Avanzó hasta el centro de la plaza. Allí le hicieron campo. Y comenzó a bailar para todos los indios de los ayllus, para los comuneros de Puquio entero.

Al poco rato, el filo de la luna alumbró desde el abra de Sillanayok'; su luz llegó a la cumbre de los cerros; se fue lejos, al confín de la quebrada, iluminando las montañas de San Pedro, de Chillk'es, de Casa Blanca.

XI
Yawar fiesta

De San Pedro, de Chillk'es, de San Andrés, de Utek', de San Juan, de Ak'ola; de todos los distritos cercanos, salieron de madrugada, a pie y a caballo, con dirección a Puquio, para ver la gran corrida, el desafío de K'ayau con Pichk'achuri. Indios y vecinos fueron, por los caminos de herradura y por los caminos de a pie; calculando la hora, para llegar temprano y encontrar sitio en la plaza. Desde la mañana estuvieron llegando a Puquio, los comuneros y los principales de los pueblos. Los comuneros se reconocían por la ropa, por el color del poncho y la forma del sombrero, por la forma y el cosido de las ojotas, por el color y la tela de la wara y del saco, por los adornos del chaleco. Desde lejos se señalaban: chillk'es, sanpedro, utek…, y los principales también los reconocían.

—Caray. ¡Este año se han vaciado los pueblos a Puquio; casi todos los ak'olas, los sanjuanes, los utek's… han venido! ¿Y dónde entrarán?

—Va ser un trabajo para los «civiles». En la placita que ha mandado levantar el Vicario, creo no caben ni la gente de los ayllus.

Indios o vecinos, llegando a Puquio, corrían primero al coso para ver al Misitu. La plaza de Pichk'achuri y los muros del coso estaban llenos de gente. Como las espinas que siembran sobre el releje de los cercos, para hacerlos más seguros, así estaban prendidos en la cima de los muros, la gente de Puquio y de los pueblos. Parados, sentados o montados, mirando al Misitu, esperando allí que repicaran las campanas, llamando a la misa grande.

En el sitio donde comenzaba la plaza de eucaliptos, sentado junto a la palizada, había amanecido el Kokchi, en el mejor sitio, cerca del toro. Apenas amaneció, cuando la primera luz de la

aurora alumbró al pueblo, el Kokchi le habló al Misitu. Llorando había esperado que rayara el día. Cuando vio la cabeza del
Misitu, con el hocico pegado a los troncos de eucalipto de la
puerta; cuando vio sus piernas traseras, embarradas, con todo lo
que le habían hecho zurrar, el Kokchi lloró como criatura, abrazándose al tronco de eucalipto donde comenzaba la plaza:

—¡Papay! ¡Papacito! ¡Cómo pues! ¡Cómo te han traído mak'ta!
Te hubieras corrido, niñito; corriendo hubieras salido de tu
k'eñwal; por la pampa no más te hubieras ido a tu laguna; tranquilo te hubieras entrado al agua de tu laguna, de tu mamay. ¡Ay
Misitu, papay! Adentro te hubieras ido, al hondo, al hondo; te
hubieras dormido cuánto también; y después, ya en febrero, en
enero, cuando en tu k'eñwal hay pastito verde, hubieras regresado a tu Negromayo.

Llorando, le hablaba al toro. Los k'ollanas, los pichk'achuris,
los k'ayaus, los chaupis que estaban en la plaza, le oían. Chakchaban coca en silencio, ocultando difícilmente su pena.

—¡Ay papacito! ¡Ahura ya no regresarás; nunca ya! Dinamita
reventarán en tu pecho, tu sangre quedará en Pichk'achuri. Y en
el alto, en tu puna de K'oñani están llorando, todo, todo; el taita Ak'chi también; el monte también, el ischu también, el río, el
Negromayo también; todo, todo, están llorando por su mak'ta,
el Negromayo también; todo el monte, todo, están llorando por
su mak'ta por ti solito, papay. En Torkok'ocha ni patos ya entran, su agua está remolino, llorando. ¡Ay papacito! ¡Misitu!

Largo rato estuvo hablando el vaquero. Y cuando la gente
subió a los cercos para ver al toro; cuando llegaron los principales y los «civiles», se quedó callado, mirando al sallk'a. El torero
también llegó, como con veinte mistis; entró al coso y se acercó
casi hasta tocar al Misitu.

—Es buen toro —dijo—. Ojalá sea limpio. Pero según me
dicen ha matado ya a uno, y eso es un lío. Estos bichos aprenden
de una sola lección.

Se fueron. Los comuneros no sabían quién era ese misti rubio. Pero en la plaza de Pichk'achuri se quedaron varios de los
comisionados del Centro Lucanas.

—Por los mistis va torear; ha venido de extranguero para eso

—explicó a los varayok's el chofer Martínez—. Dice lindo capea; con ropa de dansak' va entrar a la plaza, en competencia con Pichk'achuri y K'ayau. Pero en punta, primero va entrar, cuando el Misitu rabie entero.

Los comuneros fueron reuniéndose junto al chofer. Entonces los otros también hablaron; cada quien para un grupo grande de indios. Hablaban en voz alta, explicando que el misti rubio había venido por cuenta de los vecinos, para torear en Pichk'achuri a nombre de los principales; que torearía primero, porque era maestro en capear, para que vieran su toreo, indios y mistis.

—¡Que entren werak'ochas si hay valor!—contestó en voz alta el varayok' alcalde de Pichk'achuri—. ¿Cómo trayendo contrata de extranguero para que capee por misti? ¡Nu, taita! ¡Ante juez con escribano habrá apoderadito!, ¡en plaza nu'hay! ¿Acaso K'ayau manda apoderado? Raura entrará, Tobías, Wallpa; por ayllu Pichk'achuri parará K'encho, «Honrao» Rojas…

Todos los comuneros hablaron.

—¡Claru, taita!

—¡Claru, taita!

—¡Nada, nada, extranguero!

—¡Misitu es para endio!

Los comisionados del Centro Lucanas se miraron asustados. El plan había resultado al revés. Los comuneros tiraban el poncho sobre el hombro, se arremangaban el sombrero.

—¡Que entren principales! ¿Cuándo apoderadito?

—¡Misitucha!

Todos amenazaban. Se dirigían a la puerta del coso, señalaban el corral, y hablaban:

—¡Yu k'ari! ¡Yu papacito!

Ya estaban chispos. Toda la noche habían tomado cañazo en la plaza.

Los comisionados del Centro Lucanas se reunieron junto a la capilla.

—Quieren morir, hermanos. ¿Qué hacemos?

—El toro los alcanzará fácil en ese ruedo chico.

Miraban a los indios, amenazando en la plaza. No entendían, no querían.

—Se ha procedido mal, con mala fe. Debieron prohibir la corrida. Hemos traído por gusto al torero.

—¿Por qué ese traidor Vicario mandó hacer esta plaza?

Por las cuatro esquinas llegaba la gente; indios de todos los pueblos corrían al coso, preguntaban; buscaban, corriendo, un claro en los muros del coso, para subir y mirar al Misitu. Y cuanto más llegaba la gente, más desafiaban los indios de K'ayau y Pichk'achuri.

El sol alumbraba ardoroso, desde el cielo limpio; subía rápido, se alejaba de la cumbre de Sillanayok' y entraba al fondo del cielo, sobre el pueblo. La calamina de los techos ardía y brillaba con fuerza.

—Vamos a decirle a Escobar. Vamos a la subprefectura. Todavía hay tiempo.

—¡Esto no quedará así! No verán un gota de sangre en la plaza, este año —Martínez tomó la delantera—. O no volveremos nunca a Lima, y nos quedaremos aquí de mayordomos de don Julián. Y si hay sangre, no será de los ayllus, ¡carajo!, será de otra clase.

Las calles también hervían de gente. En el jirón Bolívar, mistis y niñas, vestidos de fiesta, conversaban, parados en las esquinas o en la puerta de las tiendas.

Banderas peruanas flameaban en la puerta de todas las casas del jirón Bolívar; tropas de comuneros andaban por el centro de las calles; y como el sol encendía el blanqueo de las paredes, la calle estaba verdaderamente de fiesta.

Cuando ya iban a llegar a la plaza, empezaron a repicar las campanas de la torre grande. Era la primera llamada para la misa solemne del 28.

En la plaza, frente a la puerta principal de la iglesia estaba bailando el Tankayllu. Por la puerta abierta del templo, el altar mayor se veía entero. Habían hecho calle los indios, desde la entrada de la iglesia hasta el sitio donde bailaba el dansak'. El Tankayllu bailaba figuras del atipanakuy; y cada vez que terminaba una, se cuadraba, mirando el altar mayor, y tocaba sus tijeras, apuntando al fondo de la iglesia.

Oyendo el primer repique, los indios se dirigieron a la plaza de armas. Tras de los comisionados del Centro Lucanas, empezaron a llegar, entrando por todas las esquinas.

Martínez y el grupo que lo acompañaba encontraron en la subprefectura a los cuatro tenientes de los ayllus. El Sargento de la guardia, y Escobar, con los demás mestizos del Centro Lucanas estaban también en el despacho.

—Señor Subprefecto, la situación es mala —hablando, Martínez se acercó a la mesa del Subprefecto.

—¿Qué pasa? —preguntó el estudiante.

—Los comuneros están rabiosos por lo del torero. Dicen que sólo ellos tienen derecho a torear al Misitu. Que para eso lo han traído. La situación es grave. Es difícil hacerles entender, señor.

—¡Les haremos entender! Para esto estan aquí los tenientes.

—Estamos fregados, hermano —Martínez le habló en secreto al estudiante—. Quieren entrar ellos solos para torear al Misitu. Están amenazando en la plaza.

El Subprefecto se levantó de su asiento y salió al alfombrado.

—¡Lo demás son vainas! —dijo—. ¡La fuerza, para los brutos! Oigan ustedes, tenientes: notifiquen a todos los envarados que al primer indio que salte al ruedo, se le pegará un balazo. Y que rellenen ese hueco que hicieron en el ruedo. Señor Sargento: notifique también que se cancelan las enjalmas. Usted Sargento, con sus guardias, son ahora los responsables del cumplimiento de la orden superior. Hay que proceder como hombres; no hay otro camino en este momento.

Los cuatro tenientes eran mestizos. Miraban asustados al Subprefecto y a los comisionados del Centro Lucanas.

—¿Ustedes creen que la amenaza dará buen resultado? —preguntó Escobar.

—Los indios le tienen miedo a la bala, y capaz se tranquilizan.

—Sí, señor. El indio le tiembla al rifle. Seguro calman.

—Usted es de K'ayau; y usted, de Pichk'achuri, ¿no? —preguntó Escobar, señalando a los que habían hablado.

—Sí, señor.

—Amenacen bien entonces. Díganles que los «civiles» están con hambre de matar indios; y que si se mueven para saltar a la plaza, les van a tirar, de frente al pecho.

—¡Sí! —el Subprefecto afirmó las palabras de Escobar, levantando la voz—. Díganles que es en serio. Que se hará un buen escarmiento.

—Se cumplirán sus órdenes, señor Subprefecto. Con su permiso, señor.

Siguiendo al Teniente de Pichk'achuri, salieron los otros tres. Por la espalda, se veían iguales; sus ternos de diablo fuerte, sus cuellos negros de suciedad. Sus zapatos, cosidos en las zapaterías de Chaupi, sonaban como pedradas en el entablado del despacho. Desde la puerta, saludaron todavía, inclinando el cuerpo, como cuando pasan junto a los altares de las iglesias.

—Con su permiso, señor.

—Y usted, ¿qué piensa? —preguntó el Subprefecto al estudiante, cuando salieron los tenientes.

—Está bien, señor Subprefecto. Y como tiene usted que asistir a la misa, nosotros también nos vamos.

Se despidieron, y salieron al corredor. Por las cuatro esquinas, seguía llegando la indiada a la plaza. Entraban a la iglesia, llenando la puerta. Las mujeres con el rebozo o la lliklla extendida, de la cabeza a toda la espalda; y los indios con el sombrero en la mano. El dansak' ya se había ido; estaría bailando en la plaza de Pichk'achuri; y llegaría con la indiada más grande, al tercer repique. En el suelo de la plaza, la sombra de la bandera del cuartel, jugaba y se movía, agitándose.

—¡El torero! Es el único que puede salvarnos —dijo el estudiante.

Y bajaron en tropel las gradas de la subprefectura.

—Si Ibarito comienza toreando bien, si para firme delante del toro, y capea con voluntad, los indios se lo quedarán mirando desde las barreras. Los magnetizará. ¿Comprenden?

—¡Claro!

—Vamos a animarlo.

El sacristán empezó a tocar el último repique. Subían ya por el jirón Bolívar los k'ayaus y los pichk'achuris. El Tankayllu venía por delante. Tras del dansak', los varayok's y los capeadores conocidos: el K'encho, el «Honrao», el Raura, el Wallpa, el Tobías… De los balcones miraban los mistis y las niñas.

—¡El K'encho! ¡Ahí va el K'encho!

—¡El «Honrao»! El indiazo más macho.

—¡El Raura! ¡El que laceó primero al Misitu!

—¡Ahistá el Tobías!

—Pero ya no van a torear.

—¿Quién dice?

—¡Pero si ya está prohibido! Por eso han traído al torero.

—¡Cierto!

—Pero si entran a la plaza, verán que torean, que se meten de hombre.

—¡Ojalá! Quisiera verlos con el toro de don Julián.

Más de una cuadra llenaban los indios; caminaban despacio siguiendo al dansak'.

* * *

Cuando el dinamitazo de media misa sacudió las paredes del cuartel, don Pancho se persignó, quitándose el sombrero.

—Están levantando el Santísimo, don Julián.

—Seguro. Ya reventó la dinamita.

Ahí estaba, tranquilo, don Julián. En ningún instante había rabiado fuerte. Cuando le apuntaron con el revólver, y los guardias cerraron la puerta del calabozo, don Pancho creyó que de un buen puntapié don Julián haría saltar las tablas de la puerta. Creyó que iba a salir fuego de sus ojos, y que haría temblar el calabozo, gritando.

¿Encerrar a don Julián? Hasta el mismo don Pancho se asustó. Lo miró, esperando; y su corazón hacía bulla bajo su pecho. Pero don Julián le estiró la mano, tranquilo.

—Hey venido a verlo, don Pancho. Pero de viejos, creo, solemos agüevarnos. ¡Qué temeridad! ¡Quién iba a creer! Los dos, presos, como indios.

—¡Y de abuso!

—No de abuso. Yo de puro pesao. Pero a esos chalos renegados seguro que los voy a desgraciar. Pero ahora hablemos todavía de la apuestita. Ya están bajando los k'ayaus con el Misitu. ¿Oyó usted el anuncio de los wakawak'ras?

—Sí he oído, don Julián. ¿No le dije? ¡Los k'ayaus son trejos! Hay que hablar claro; los indios, cuando acuerdan, creo que hasta el infierno lo taparían, como a una olla. ¡Caray! Si saben que estamos aquí, de puro abuso, capaz nos sacan. Tumban la puerta, y atropellando a los «civiles», nos llevan para que miremos al Misitu.

—A usted será. Yo, pues, a veces, los he acogotado feo. En su adentro, seguro, me maldicen. Es, pues, de razón. Yo, como a perros no más los arreo. Ya usted sabe, don Pancho, mucho indio hey fregado. Así es, pues. Dios me ha puesto en Puquio para que los aguante. ¡Caray! Y en la puna, los hey hecho gritar bien, desde las alturas de Coracora hasta Chalhuanca, de Pampachire a Chipao. Como a potro mañoso los he amansado, así, a puro golpe, hasta que han arrodillado en el suelo. Usted es, pues, de otra manera, otro corazón tiene usted. Y es de razón. Usted ha hecho plata vendiendo trago y abarrotes no más; calladitos, y de buena voluntad, le han traído la ganancia a su misma casa. ¡Así cualquiera! Por eso, usted para de parte de los ayllus, es usted amiguero de K'ayau, de Pichk'achuri, y como a hijos los defiende. «¡Carajo, los comuneros son papachas!», dice usted. Y si hay ocasión, usted pelea por la indiada. ¡Claro, pues! Así tiene que ser. Pero yo tengo que correr la puna bien armao y tengo que meterles fuerte la espuela. ¡Pero valgan verdades! Nunca hemos peleado con usted. Los otros vecinos me muerden, peor que indios.

—Usted, don Julián, es como un toro padre en Lucanas; se anda usted, de canto a canto, empujando a los otros, y abusando. Pero cierto es que no hemos peleao. Y ahora estamos hermanados en este calabocito. Y cuando salguemos, capaz vuelta nos traen, pero ya no será de por gusto.

Don Julián se quedó mirando la ventana de cocina que había en el techo; agarrándose la quijada con su mano derecha, pensativo, como viendo a la noche que entraba rápido por la ventana y crecía en el cuarto.

—¿Se acuerda usted del indio Martínez, de K'ollana? ¿De ése que ahora es chofer en Lima? —preguntó.

—Sí, sí me acuerdo, don Julián.

—Ahora ya está de casimir. Ahora ha venido trayendo al torero; con los chalos del Centro Lucanas ha venido. ¿Qué estará pensando a estas horas? Dicen que los que van a morir de un golpe, presienten, y tienen pena, aunque sean trejos…

Ya no se le veía la cara; el cuarto estaba oscuro, y sólo bajo la dirección de la ventana, en el suelo, y en un pedacito del cuarto, había claridad: la luz del crepúsculo que llegaba todavía. Pero desde el centro del cuarto, ese poquito de luz, alumbraba y dejaba ver el cuerpo de don Julián, sentado en la banca de molle que los «civiles» habían dejado en el cuarto. Don Pancho oyó bien claro la amenaza de don Julián; en el hablar del misti quemaba la rabia sofocada. Don Pancho no le veía la cara, pero sintió que el lunar negro de su mejilla derecha se agrandaba y se ponía en guardia, como las arañas grandes, los apasankas, cuando enrabian y se levantan, sobre la punta de sus patas.

—Así es, don Julián.

No quería preguntarle; espero que el mismo hablara, poco a poco; que le contara la causa de su encarcelamiento y de la sentencia que le había echado al Martínez.

Conversaron hasta bien noche. Un guardia vino a ofrecerles vela, pero don Julián lo despachó; entonces colgaron un farol en el patio, a la entrada del cuarto en la esquina de la pared. La luz amarilla del farol entró por las rendijas de la puerta, atravesando el patio y dibujando en el suelo y en las paredes del cuarto rayitas de lumbre que apenas aclaraban el suelo y el blanqueo del calabozo.

Cuando el cuartel estaba en silencio, oyeron, a lo lejos, las tijeras del Tankayllu; la música del arpa y el sonido de las tijeras fueron acercándose a la plaza; pasaron bien cerca, por detrás del cuartel, como yendo a K'ollana; y se perdieron, poco a poco, en la dirección de ese ayllu, internándose en el centro del barrio.

Don Pancho estaba calculando en su conciencia: «Ya estarán para llegar a Yallpu; ahurita van a gritar los wakawak'ras». Don Julián también esperaba. Y cuando estaban callados, oyendo, el canto de los wakawak'ras llegó en tropel desde Yallpu, por el aire.

—¡Ya, don Julián! ¡Ya está entrando! ¡El Misitu! ¡Su toro!

Corrió a la puerta don Pancho, como para salir; pegó su frente a las tablas queriendo mirar por las rendijas.

—¿Qué dice usted, don Julián?

—Ya debe estar viejo el pobre. Ya deben pesarle las criadillas. Cuando yo lo vi en Negromayo era un tigre, saltaba como puma. Le llegó la hora, don Pancho. Y va morir en su ley. ¡Caray! ¡Quién iba a creer!

—¡Ahurita despierta el pueblo! Va usté a ver.

—¡Claro! Cuando calculen que ya esté en el coso. Estos indios son bien desiguales. Mire usté: K'ayau trae arrastrando al Misitu, y los otros ayllus se meten a su casas, como las vizcachas.

—¡Pero ahurita vienen! ¡Quisiera estar en Pichk'achuri ! ¡Ver la entrada! ¡Maldita sea mi suerte! ¿Usted no quisiera?

—Capaz me vencía la rabia y le pegaba un tiro al sallk'a. Lo hubiera tumbado entre la indiada, como se debe. O no hubiera ido, ni a la corrida.

—¡Buena, don Julián! ¡Tiene usted rabia!

Y oyeron correr después a los indios de K'ollana, por detrás y por delante del cuartel. Oyeron pasar al Tankayllu, casi corriendo, porque el sonido de sus tijeras cruzó rápido junto al cuartel.

—¡Ya está yendo el Tankayllu!

Los cohetes de arranque reventaban en el cielo, de tres, de cuatro.

—¡Don Julián! ¡Qué perra es mi suerte! ¡Quisiera estar allá, junto al coso! Regaría con aguardiente los pies de los k'ayaus; tocaría wakawak'ra con el Raura, con el Tobías. ¡Siquiera un puñete le daré a esta puerta! ¡Carajo! ¡Maldecidos!

Y casi hace saltar la tabla, junto al cerrojo.

—¡Abran, carajo! ¡O me desgracio!

Don Julián no se movió de su sitio.

—Otro más, don Pancho, para que se desfogue bien.

Pero llegaron los «civiles»; y el Cabo gritó desde el patio:

—¿Quiere usted que lo cuelgue en la barra, como a un indio?

Don Pancho se fue al rincón del cuarto, donde no entraba la luz que alumbraba por las rendijas.

—¡Qué dirá usted, don Julián! Pero a veces me engallina la rabia.

Por eso, cuando oyó el dinamitazo de media misa, se persignó de todo corazón. Quería ir a la corrida, no se sentía seguro de estar tranquilo en la cárcel, mientras el Misitu jugaba en el Pichk'achuri. Y en su conciencia, escogiendo las palabras más humildes, le pidió al Santísimo:

—Taitacha, señor de misericordia: tú estás sabiendo que soy vecino cumplidor de mis deberes; yo no te he blasfemado como otros; no he sido abusivo ni ladrón de mis congéneres, ¡bueno no más soy! Olvídate, pues, por un ratito, de mis borracheras, de mis vicios con las mujeres, de mis maldiciones a don Demetrio y a don Antenor; tú estás sabiendo que son unos perros. ¡Y sácame, papacito! Aunque sea, desde mañana, por un mes que me encierren. Pero ahora… ¡no pues!

Hacía fuerza para no hablar en voz alta. Tenía vergüenza de don Julián. Pero don Julián lo estaba mirando; y por su cara humilde, por su cabeza agachada, le estaba adivinando. A la media misa, cuando el dinamitazo anunciaba al pueblo que la hostia sagrada estaba en elevación, seguro rogaba don Pancho; por eso tenía esa cara solemne.

—Por sus indios, o por él será —decía don Julián, mirando a don Pancho Jiménez que estaba callado y firme, y con la cabeza descubierta, en medio del cuarto.

* * *

Saliendo de la misa grande, todos los indios se fueron en tropa a Pichck'achuri. Esperaron que los varayok's, los capeadores y los corneteros tomaran la delantera, y tras de ellos caminaron mezclados, los k'ayaus, los pichk'achuris, los k'ollanas, los chaupis y los comuneros de los pueblos. Desde la plaza de armas hasta el coso llenaron las calles. En la puerta de la plaza de toros encontraron seis policías armados, al Sargento y a los tenientes de los barrios.

—¡Alto! ¡Allí no más!

E hicieron detener a los varayok's, un poco lejos de la plaza de eucaliptos. Mientras el Sargento daba la orden, los policías tenían el rifle en las manos y los tenientes miraban a la indiada desde la puerta de la plaza, tras de los «civiles».

El sol estaba pasando ya por medio cielo; a toda la quebrada llegaban derechos los rayos del sol. La calamina de las casas reverberaba y ardía; en la tierra blanca de la plaza y de las calles brillaba la arenilla; el cielo limpio, azul, claro y alegre, parecía rozar la cumbre de los cerros que rodean al pueblo. Las rocas de la cumbre del Pedrork'o se mostraban color ceniza; junto a las rocas volaban varios ak'chis negros; y por eso la cumbre parecía más alta todavía y más lejana; los ak'chis daban vueltas, volando despacio, como buscando algo en el fondo de la quebrada. No corría viento, el aire estaba quieto y silencio. Sólo, desde el cielo despejado, el sol lanzaba su fuego sobre las pampas y lomadas, hasta lo más hondo de la quebrada.

Los varayok's obedecieron y se quedaron parados, sosteniendo el empuje de la indiada.

—¡Alto! ¡Sayay! —mandaron también ellos.

Pero siguieron entrando y rodeando la placita de eucaliptos, dejando un claro en la puerta, frente a los «civiles». Por las cuatro esquinas llegaban indios y mestizos; y empezaron a subir a las paredes y al techo de las casas, a la torre y a la capilla.

—¡Jesús! ¡Señor Sargento! ¡Nunca han venido así para las corridas! —dijo el teniente de Chaupi.

Los guardias miraban asustados a la indiada que seguía aumentando, que aparecía sobre los relejes de las paredes, sobre el tejado de las casas vecinas y en el techo de la capilla. Desde el fondo de la plaza se esparcía un olor a suciedad, a aguardiente, y llegaba hasta la cara de los «civiles» un vapor pesado y fuerte. El Sargento empezó a sentir miedo. «Si tan solo se mueven, si se arriman, nos aplastan contra los palos de eucaliptos. ¡Mi madre! ¡Qué indiada!». Llamó al teniente de Pichk'achuri.

—Dígales que ahorita llegan las autoridades y los vecinos; que tras de las autoridades van a entrar ellos a la plaza. No les amenace. Dígales a buenas.

El teniente se empinó junto al Sargento, y gritó:

—¡Cumunkuna!

Les habló largo, explicándoles que tuvieran paciencia, que ya iban a llegar las autoridades; que en cuanto se presentaran en la esquina, abrieran calle para que pasaran.

—¡Está bin, taitay teniente! ¡Está bin! —contestó el varayok' alcalde de K'ayau.

El Sargento mandó al mismo teniente para que avisara al Subprefecto, al alcalde, al torero y a los vecinos, que se apuraran, que los guardias estaban en peligro.

El teniente se abrió campo entre la indiada, rogando y anunciando que iba por el alcalde, para que de una vez empezara la corrida.

Cuando el teniente estaba en media plaza, abriéndose paso y suplicando, los corneteros de los cuatro ayllus empezaron a tocar el turupukllay, el verdadero, el del yawar punchau, día de sangre. Los comuneros se movieron, sus ojos se redondearon y miraron derecho, sin moverse, la entrada de la plaza. El teniente se paró un rato; el turupukllay sonaba fuerte en la plaza, parecía golpear el pecho; como una desesperación crecía dentro de la conciencia.

—¡Campu, taitay! ¡Campu!

El teniente empujó más fuerte a los indios, y se abrió campo con los codos; como si se estuviera escapando de la plaza.

—¡Otra vez esta música! ¡Cómo podrán tocar tan triste! Y en un día así, de tanto sol, tan caliente.

El Sargento miraba nervioso a la indiada, su corazón latía apurado.

—¡Mi Sargento! Si tardan nos van a fregar —decía un guardia.

—Ya no deben tardar.

La música del turupukllay, del yawar fiesta, llegó a todo el pueblo. Los vecinos se apuraron para ir a la plaza.

—¡Ya es la hora! Ya están llamando los indios.

El canto grueso y triste de los wakawak'ras que sonaba todos los años desde Pichk'achuri, sacudía esa tarde el corazón de los principales, los alocaba; se reunían para ir, hacían cargar aguardiente y cerveza a la plaza. Se entusiasmaban de repente; se alegraban, pero de otro modo, no como cuando se emborrachaban, ni como cuando hacían buen negocio; era de otra clase esa alegría que se levantaba desde lo más hondo de sus conciencias; ellos no lo hubieran podido explicar; era una fiesta, una fiesta grande en cada alma. ¿Así, les gustaba ver la sangre? ¿Desde cuándo? Se llamaban, e iban apurados a la plaza, resistiendo apenas su deseo de ir corriendo, gritando fuerte y vivando a los cholos.

Los primeros vecinos que llegaron a la esquina de la plaza se detuvieron.

—¿Por dónde vamos a pasar?

—¡Señor de Untuna! ¡Cuánto indio!

Las señoras y las niñas rogaban para regresar. Vinieron como todos los años con el corazón oprimido, pero contando los pasos, desesperadas, porque Pichk'achuri era lejos. Cuanto más se acercaban a la plaza del ayllu, el miedo les agarraba, pero el mismo temor que les hacía perder el ánimo, las empujaba; querían llegar más rápido, sentarse en las sillas que ponían sobre las barreras; y que inmediatamente soltaran al toro, contra los capeadores borrachos que entraban por tropas. Pero esta vez, la plaza del ayllu estaba llena de indios, que esperaban todavía. La plaza del Vicario se levantaba sobre la cabeza de los indios, como una armazón extraña y grande; y parecía estar bien lejos, al término de las cabezas de los indios que se extendían en toda la pampa. Y de entre los lok'os que el sol quemaba; en el fuego del cielo, de los tejados y de la tierra blanca de las calles; en ese cielo limpio caldeado, cantaban triste, sacudiendo el corazón de toda la gente, los wakawak'ras de los ayllus, el turupukllay del 28 en la tarde. Parecía que los toros del coso estaban gritando; que el Misitu, lastimado, estirando el hocico negro cantaba al cielo, hacia la cumbre de los cerros.

—¡Nos vamos! ¡Que se queden los hombres!

—¡Sí! ¡Vamos corriendo!

—¡De una vez!

—¡Lárguense, pues! ¿Qué tanto hablan?

Los señores también no sabían qué hacer. No querían pedir paso entre los indios; e iban reuniéndose en la calle, tras la esquina de la plaza, las familias principales del pueblo.

—Ya va venir el Subprefecto con las autoridades y el torero. Los guardias tendrán que abrir calle. Vamos a esperar.

Por fin aparecieron, desviándose del jirón Bolívar hacia Pichk'achuri, las autoridades y el torero.

—¡Ya vienen!

Los mistis se reunieron para mirar a ese lado. Entonces los indios también se movieron.

El torero venía en medio de las autoridades, su vestido de seda brillaba desde lejos.

—¡Qué lindo! ¡Parece dansak'!

Las señoras y los principales se animaron.

—Sólo falta una banda. ¡Una marcha para el torero!

—¿Qué dirán los indios?

Cuando llegó el torero y las autoridades a la última calle, los vecinos y las señoras aplaudieron, e hicieron campo para que pasaran. El cabo y los guardias se adelantaron para abrirles sitio entre la indiada.

Todos los indios se volvieron para mirar la esquina.

—¡Campo! ¡Campo! —gritaba el cabo.

Cuando apareció el torero, con su capa y su vestido de luces, reverberando como la ropa de los santos y del Tankayllu, los comuneros se revolvieron más.

—¡Campo! ¡Campo!

Machucándose, empujándose con furia, se arrimaron. Y empezaron a entrar a la plaza las autoridades.

—¡Creo que estamos salvados! ¡Valor, Ibarito! ¡Valor, werak'ocha! —el estudiante Escobar y los del Centro Lucanas se alegraron. Los indios miraban al torero, como si un lucero hubiera caído del cielo. Escobar y los chalos, rogaban en su conciencia: «¡Ibarito; tú puedes hacer lo que sólo un todopoderoso haría! ¡Esta tarde!».

Y fueron avanzando. Don Demetrio, don Félix de la Torre, don Jesús Gutiérrez, don Policarpo Santos, don Gregorio Castillo... todos los vecinos notables iban tras de las autoridades, con sus señoras y sus niñas. Los del Centro Lucanas, los mestizos y los jóvenes seguían a los principales. Los indios iban cerrándose y avanzando, tras de los mistis. Buscaban afanosos a don Julián y a don Pancho en la fila de los mistis.

—¡Campo! —mando el Sargento.

Los varayok's, los corneteros y los capeadores también abrieron calle. Casi no había ya sitio entre la puerta de la plaza y los varayok's; habían ido resbalando y empujando a los guardias.

El torero y los del Centro Lucanas se quedaron bajo los palcos; el Subprefecto y las autoridades subieron por la escalera de la derecha, a los palcos que habían arreglado con bancas y sillas. Rodeando a estos palcos, un graderío de palos de eucalipto, como de circo, de veinte filas, daba vuelta al resto de la plaza; para los indios. El ruedo era chico y redondo; en medio, todavía estaba removida la tierra, porque los tenientes acababan de rellenar el choclón que los indios habían abierto para que les sirviera de burladero, como en la plaza grande de Pichk'achuri. Seis tablones dobles, clavados en la tierra, junto a las barreras, servirían de burladeros para el torero.

—Es toda una placita de toros —dijo el Subprefecto.

—Sí, señor. La levantaron en seis días, los comuneros de K'ayau y Pichk'achuri.

Los vecinos y las autoridades fueron acomodándose en las sillas. De los palcos al ruedo había poco más de dos metros de altura.

Desde la plaza llegaba la bulla que los indios hacían, acercándose a la puerta del ruedo.

—¡Ya! ¡Suéltelos!

Entraron en tropel, corriendo.

—¡Arriba!

Los varayok's, los corneteros y los capeadores subieron primero.

—¡Siga, siga! ¡Kuchuman! (Al rincón).

Los tenientes los hicieron avanzar hasta el extremo, junto a la palizada de sauces que separaban el graderío común, de los palcos. Capeadores, corneteros y varayok's se sentaron en fila, de a uno, apoyándose en la barrera. Todos tenían ropa nueva completa, desde zapatos hasta sombrero. Tras de ellos se fueron acomodando los comuneros de los cuatro ayllus y de los pueblos, machucándose bien, para no dejar campo. Iban subiendo a todos los graderíos; se sentaban y miraban, buscando la cumbre de los cerros. Todos los aukis podrían ver desde su altura; hasta el fondo del ruedo verían. Las mujeres de los k'ayaus y de los pichk'achuris también entraron; como una faja ancha, azul, roja y verde, según el color de las rebozas y de las llikllas. Alegre se veía entre la indiada el sitio de las mujeres, desde la barrera hasta el extremo alto del graderío.

Se llenó la plaza, de canto. Parecía un ruedo oscuro de indios, macizo y ancho, con su adorno en medio, por el color de las rebozas.

Pero afuera, en el pampón del ayllu, se levantó un griterío que hizo asustar a los vecinos. El griterío fue dando vueltas a la plaza; de todas partes llegaba. Y corrían en tropel por la pampa, junto al coso.

Se movieron los palos grandes de eucalipto, y por todas partes empezaron a salir cabezas de comuneros, de atrás, por encima del último graderío.

La puerta del ruedo estaba atracada de indios. Los guardias y los tenientes gritaban, avisando que ya no había sitio; pero seguían empujando. Los que estaban todavía en la plaza, afuera corrieron, salieron a la pampa; midiendo, corretearon junto a las barreras, y empezaron a subir a los troncos grandes. Unos tras otros se agarraron a los troncos, para entrar a la plaza; pero los que subieron primero empujaron con los pies a los otros. ¡Ya no había por dónde! Y los guardias comenzaron a fuetear a los comuneros, en la puerta; los tenientes también arrancaron palos de las barreras, y ayudaron a los guardias.

—¡Fuera, fuera! ¡Bestias!

Los fuetes y los palos rajaban la cabeza de los indios. Los «civiles» y los tenientes agarraban furia; cerrando los ojos tiraban sobre los lok'os de los comuneros.

—¡Fuera, guanacos!

Y los empujaron, los hicieron retroceder poco a poco; y entre todos, guardias y tenientes, cerraron la puerta de la plaza. Sudando, cansados, se pararon, apoyándose en la puerta.

Cuando vieron cerrada la puerta del ruedo, y llena la plaza hasta la punta de las barreras, los que se quedaron en la pampa, corrieron; desde la puerta hasta la red del coso; de allí regresaban, tropezándose; se paraban junto a los palos grandes, y miraban arriba.

—¡Papacito! ¡Nu pues!

Algunos empezaron a llorar.

—¡Papacito!

Llamaban, como si se hubieran perdido; como si estuvieran

yendo, borrachos, al entierro de sus hijos. La desesperación les agarraba mirando al extremo alto de las barreras, corrían, regresaban, todos.

—¡Papay! ¡Ahistá! ¡Quidando!

Se miraban; como si un repunte de aguacero hubiera subido hasta el pueblo y se hubiera llevado las casas, las despensitas y el dinero que habían juntado; y se estuvieran mirando asustados, tiritando, junto a la corriente.

—¡Papacito! —se gritaban; corrían, buscando en las barreras. Miraban al taita Pedrork'o, al Sillanayok'.

Y querían que se abriera la plaza para entrar y ver, para mirar al dansak' extranjero peleando con el Misitu.

Y cuando estaban correteando; de adentro de la plaza se levantó el canto de las mujeres; los wakawak'ras tocaron el Wak'raykuy, siguiendo el canto:

¡Ay turullay, turo,	¡Ay toro, toro,
wak'raykuyari,	cornea pues,
sipiykuyari	mata pues
turullay, turu!	toro, toro!

Ahí estaban, llamando ya, las mujeres de K'ayau y Pichk'achuri; estaban cantando para el corazón del Misitu; pidiendo misericordia; destemplando con el amargo de su canto el ánimo de los toros.

¡Turullay, turo,	¡Ay toro, toro
wak'raykunkichu	cómo has de cornear
sipiykunkichu	cómo has de matar,
turullay turu!	toro, toro!

Oyendo el Wak'raykuy, Ibarito empezó a perder el ánimo.

—Señor Escobar, ¿no podría taparles el hocico a esas mujeres? Cantan como si estuvieran viendo ya mi cadáver.

—No se puede, Ibarito. Y no debe usted achicarse. ¡Tómese un trago!

El Wak'raykuy oprimía el corazón de todos los mistis. Los

capeadores y los varayok's miraban, calculando, la cara de las niñas y de los principales; buscaban el sitio por donde saldría el «dansak» extranjero para torear al Misitu.

La tierra blanca del suelo, seca y dura, estaba quemante ya, a esa hora; el sol empezaba a bajar hacia el abra de Pedrork'o; su calor subía del suelo a los palcos y a las barreras, como rebotando de la tierra seca.

El varayok' alcalde de K'ayau se levantó y dio la señal al regidor que estaba esperando la orden para hacer soltar al Misitu. Ya sabían, por los tenientes, que no habría enjalmas, ni dinamita, ni cohetes; que el turupukllay sería en silencio. Y ahí estaban, en la puerta de la plaza, todos los «civiles», mirando a los indios con sus rifles en las manos.

Las mujeres se callaron. Entonces los corneteros comenzaron a tocar el Jaykuy, la entrada; en tono delgado, como canto de hierra. Los wakawak'ras llamaban, con voz de gente. Los principales se levantaron para mirar la puerta de entrada al coso; los comuneros también miraban de frente el mismo sitio. En el silencio del ruedo, el Jaykuy subía al cielo, como si toda la gente que había en la plaza estuviera cantando despacio.

Saltó el Misitu, se fue de frente; pero con el griterío que salió de toda la plaza sacudió la cabeza, y se quedó en medio del ruedo, con el cogote levantado, bien alto, apuntando hacia arriba con sus astas. Los capeadores se sacudieron, el K'encho, el Tobías, el Wallpa, el «Honrao», sintieron que el corazón los botaba, la sangre les quemaba desde la frente a los pies.

—¡Carago Misitucha!

—¡Carago! ¡Yu mak'ta! ¡K'ayau!

Y comenzaron a arreglar sus ponchos.

Pero salió el torero, por la puerta donde hacían guardia los «civiles». Y todos los indios se pusieron de pie. El sol brillaba en su vestido, por el pecho salido, arrogante, se sacó el sombrero y saludó a todos lados de la plaza.

—¡Bravo! —los mistis palmearon, aplaudiendo.

El Misitu se enderezó bien, hacia el lado del torero. Ibarito empezó a acercarse al toro, cuidándose y midiendo.

—¡Viva Ibarito! ¡Viva el gran torero!

—¡Viva!

Los comisionados del Centro Lucanas gritaron fuerte. Pero el estudiante y los chalos perdían confianza.

El Misitu arrancó; arañó el suelo y levantó polvo con sus patas en el primer salto.

Ibarito lo esperaba con su capa lista, y plantado, con sus piernas firmes en el suelo. Levantó la capa y el Misitu pasó soplando junto a su cuerpo; se revolvió ahí mismo; el torero lo capeó bien todavía; pero a la otra vuelta, el Misitu se plantó junto al bulto, y bailando con sus patas traseras empezó a rebuscar tras de la capa. Ibarito echó el trapo sobre la cabeza del toro; de tres saltos llegó al burladero y se ocultó en las tablas. El toro revolvió el trapo con furia, lo pisó y lo rajó por toda partes, como al cuerpo del layk'a.

—¡Nu carago!

—¡Maula carago!

—¡K'anra!

—¡Atatau carago! ¡Maricón, carago!

Los capeadores gritaron desde las barreras.

—¡Yu k'ari! ¡Yu k'ayau!

El K'encho, el Tobías, el «Honrao», el Wallpa… se señalaban, golpeándose el pecho con el puño.

—¡Atatau k'anra! —y mostraban con el dedo el burladero donde se había metido el torero.

—¡Maula! ¡Mujerao!

Entonces el mismo don Antenor, el Alcalde, gritó de repente, saltando de su asiento:

—¡Que entre el «Honrao», carajo!

—¡Que entre el Tobías! —gritó don Félix de la Torre.

—¡Que entre el Wallpa!

—¡El K'encho!

Saltaron todos los capeadores al suelo. Y los corneteros tocaron, de nuevo, el Wak'raykuy, en la voz más gruesa.

—¡K'encho!

—¡Tobías, carajo!

—¡No! ¡El Wallpa!

El Wallpa corrió, como loco, derecho contra el Misitu. Los

guardias se acomodaron para ver, quitándose sitio entre ellos. El Subprefecto no podía hablar; temblando, con los ojos duros, miraba el ruedo.

El Misitu cargo sobre el Wallpa. El k'ayau quitó bien el cuerpo.

—¡Só carago! ¡Misitucha!

Y se acomodó de nuevo, retrocediendo un poco. El Misitu volteó y cruzó las astas rozando la barriga del indio.

—¡Só maula! ¡K'anra!

Con cuidado, calculando, el Misitu lo persiguió; el Wallpa cuadró todavía el poncho, pero cuando ya el toro lo buscaba de nuevo, regresando.

—¡Lo va a matar! ¡Coño! —gritó el torero Ibarito.

Los otros capeadores se arrimaron más al Misitu, llamando a voz en cuello. Pero el Misitu sabía; siguió tras el Wallpa. El k'ayau vio los cuernos arrimándose seguros a su cuerpo, y gritó alto, con toda su fuerza:

—¡Misitucha! ¡Pierro!

Pero el sallk'a le encontró la ingle, le clavó hondo su asta izquierda. Ya el Wallpa estaba pegado a la barrera; los otros capeadores se habían arrimado hasta el sallk'a; y el «Honrao» le jaló del rabo. El Misitu se volteó con furia, rajando la camisa del Wallpa. El «Honrao» tiró su poncho a la cara del toro; y mientras el sallk'a revolvía el poncho, los capeadores se acomodaban para hacerle frente. El varayok' alcalde de K'ayau alcanzó un cartucho de dinamita al Raura.

El Wallpa se hacía el hombre todavía; se paró difícil, agarrándose de la barrera, y templó sus piernas para no derrumbarse. Estaba frente al palco de los principales. Casi todas las niñas y los mistis lo estaban mirando. De repente, se hincharon sus pantalones sobre sus zapatos gruesos de suela, y salió por la boca de su wara, borbotando y cubriendo los zapatos, un chorro grande de sangre; y empezó a extenderse en el suelo.

Un dinamitazo estalló en ese instante, cerca del toro. El polvo que salió en remolino desde el ruedo oscureció la plaza. Los wak'rapukus tocaron una tonada de ataque y las mujeres cantaron de pie, adivinando el suelo de la plaza. Como disipado por el canto se aclaró el polvo. El Wallpa seguía, parado aún, agarrándose de los palos. El Misitu caminaba a pasos con el pecho destrozado; parecía ciego. El «Honrao» Rojas corrió hacia él.

—¡Muere, pues, muérete, sallk'a! —le gritaba, abriendo los brazos.

—¿Ve usted, señor Subprefecto? Estas son nuestras corridas. ¡El yawar punchay verdadero! —le decía el Alcalde al oído de la autoridad.

Glosario

Akatank'a: escarabajo.

Ak'chi: ave de rapiña.

Allinlla: de allin, bueno; corresponde a: bien no más.

Allk'a: color de ganado vacuno, semejante al moro.

Allk'o: perro.

Ama: no, negativo.

Anka: gavilán.

Arí: sí, afirmativo.

Atatauya: interjección de asco.

Atipanakuy: competencia; entre danzantes en este caso.

Auki: personaje sagrado; principalmente de las grandes montañas.

Ayarachi: de 'aya', cadáver; canto fúnebre o muy triste.

Ayataki: de 'aya' y de 'taki', canto. Lo cantan en los entierros.

Aysay: jalar.

Chakcharon: de chakchay, masticar coca.

Chalo: nombre despectivo que dan los indios a los mestizos que se ponen al servicio de los principales.

Chalukuna: plural de chalo. La terminación *kuna* hace el plural de las palabras quechuas.

Chascha: perro pequeño.

Chilliko: alteración quechua de chaleco.

Chuklla: Choza.

Chumpi: cinturón.

Chutay: jalar; en este caso está en imperativo.

Comunkuna: traducción quechua de comuneros.

Cumun yaku: 'cumun', alteración de común; 'yaku', agua. Agua comunal.

Curriychik: palabra mixta; imperativo quechua de correr.

Daño: se llama a los animales sorprendidos pastando en chacra ajena.

Dansak': palabra mixta, de danzar; danzante.

Gobiernos: nombre que dan los indios al subprefecto y al gobernador del distrito.

Guayruro: poroto de color rojo y negro; el pueblo da este nombre a los guardias civiles, por los colores del uniforme.

Huahua: criatura, niño de corta edad.

Ischu: paja, gramínea que crece en toda la puna.

¡Ja caraya!: interjección de júbilo, de burla, de sorpresa…

Jajayllas: interjección quechua, de júbilo, de burla, de orgullo…

Jatun: grande.

Jaykuy: entrar; jaykuy, la entrada.

K'alakuna: plural de 'k'ala', desnudo; los indios les dan este nombre a los blancos.

K'anra: sucio. Es el insulto quechua más despectivo.

K'apak: poderoso.

K'ari: hombre; se emplea como adjetivo, en lugar de valiente; como muy hombre.

K'ayaucha: diminutivo de k'ayau; la terminación *cha* forma el diminutivo de las palabras quechuas.

K'eñwal: de k'eñwa; uno de los pocos árboles que crecen en la puna.

K'eulla: ave acuática, de las lagunas de altura.

K'ocha: laguna, lago.

Kachariy: soltar.

Kachaspari: despedida.

Kank'am: del verbo 'kay', haber. Va a haber.

Killincho: cernícalo.

Kipi o k'epe: atado.

Kirkincho: instrumento de cuerda hecho con la caparazón de un animal que tiene ese nombre.

Kiswar: árbol de las quebradas del Perú.

Kuchuman: de 'kuchu', rincón; quiere decir, al rincón.

Lambras: árbol de clima templado.

Lauta: alteración quechua de flauta.

Layk'a: brujo.

Lek'les: ave acuática de las lagunas de altura.

Liwi: arma arrojadiza; pequeño cuerpo pesado al que se amarra una cuerda.

Lliklla: manta.

Llok'lla: avenida de las aguas de lluvia.

Lok'o: sombrero.

Machulas: viejos.

Mak'mas: grandes depósitos de barro.

Mak'ta: joven.

Mak'tillo: diminutivo de mak'ta.

Mistis: plural castellano de misti, nombre que dan los indios a los blancos.

Molle: árbol de clima templado.

Mote: maíz cocido en agua.

Muchka: mortero.

Mulita: en Lima se le llama al cuarto de botella.

Papay: de la palabra castellana papá y el posesivo quechua *y*; mi papá o padre mío.

Pasaychik: imperativo quechua del verbo castellano pasar.

Perduncha: diminutivo quechua de perdón.

Pillko: cierto color de ganado vacuno.

Pinkullo: quena de gran tamaño.

Piska: bolsa tejida o de cuero que emplean para llevar la coca.

Pukllay: juego, jugar.

Pukupuku: pequeña ave nocturna de la puna; su canto es muy triste.

Puna-runa: gente de puna.

Punakumunkuna: comuneros de la puna.

Punchay: día.

Puyñu: depósito redondo de barro, sirve para cargar agua.

Raukana: instrumento de hueso de vicuña, de los tejedores.

Rukana: nombre de una gran región chanka; los españoles pronunciaron Lucana. Hoy es una provincia del departamento de Ayacucho.

Runa: gente. Punaruna: gente de la puna.

Sallk'a: salvaje; le llaman así a todos los animales montaraces.

Sayaychik: imperativo del verbo quechua 'sayay', parar.

Saywa: pequeños monumentos de piedra que levantan en las abras.

Sok'ompuro: cactus enano de la puna; en su pilosidad blanca se queda el rocío durante muchas horas.

Tankayllu: mosca grande, de patas muy largas. Nombre del dansak'.

Tantar: arbusto espinoso, de flor morada muy hermosa.

Tawantin: de 'tawa', cuatro. Quiere decir entre las cuatro, o los cuatro.

Taya: arbusto resinoso, de color verde oscuro; crece en las alturas.

Taytay, taytakuna, taytaya, taytallaya: derivados más expresivos de 'Taytay(a)', padre mío. ('Tayta', padre, y el posesivo *y*).

Tinkay: ofrendar líquidos, esparciéndolos al aire con los dedos.

Tinre: alteración quechua de tigre.

Tinya: tambor indígena.

Turupukllay: de toro y de 'pukllay', jugar. Jugada de toros.

Uña werak'ocha: 'Uña', cría; werak'ocha, palabra muy respetuosa equivalente a señor.

Usuta: sandalia.

Varayok': de vara, y el posesivo quechua yok'. Envarado, o el que tiene vara; autoridad indígena.

Wak'ate: llorón.

Wak'raykuy: imperativo del verbo 'wak'ray', cornear.

Wakawak'ra: de waka, alteración quechua de vacay wak'ra, cuerno. Grandes instrumentos de viento hechos de cuerno.

Wara: pantalón.

Wauk'ey: hermano, mi hermano.

Wayna: joven.

Wayno: canto y baile, el preferido y el más característico de toda la música india.

Werak'ocha: fue el dios máximo de los inkas; ahora es una palabra muy respetuosa equivalente a señor.

Yawar: sangre.

Yawarcha: diminutivo de 'yawar', sangre.

Índice